変な竜と
元勇者パーティー
雑用係、
新大陸でのんびり
スローライフ 3
えぞぎんぎつね
ill. 三登いつき

ああ、すごいぞ。
さすがヒッポリアスだ。
わふぅ。
ヒッポリアス
すごい！

てぉどーる、ひっぽりあす、すごい？
スキルで作ったテオ特製の犂《すき》で
力持ちのヒッポリアスが土を耕す。

ひょっとしてジゼラか？
なぜこんなところにいるんだ？

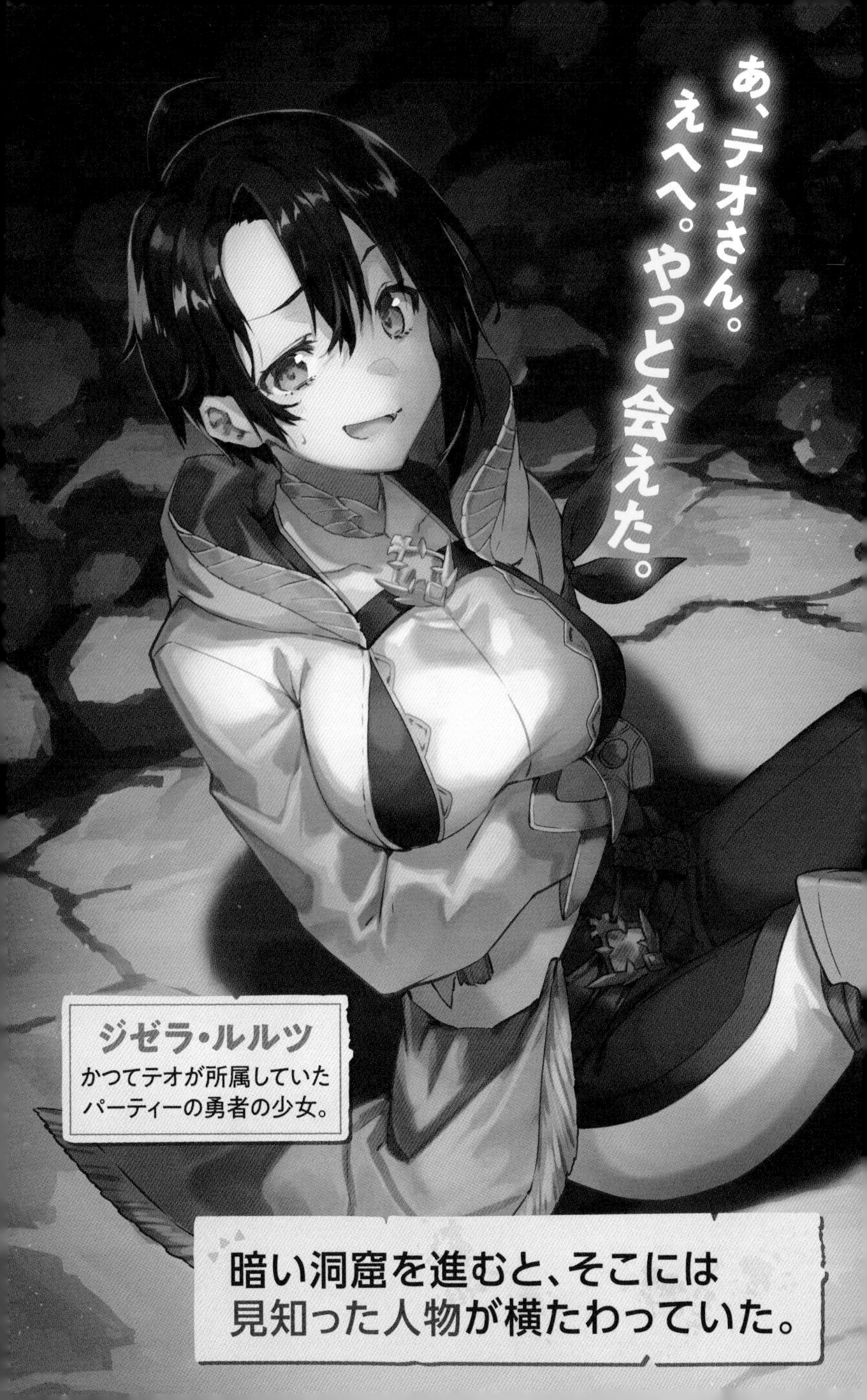
あ、テオさん。
えへへ。やっと会えた。
ジゼラ・ルルツ
かつてテオが所属していたパーティーの勇者の少女。
暗い洞窟を進むと、そこには
見知った人物が横たわっていた。

湯治も兼ねてみんなで
楽しく露天風呂!!
わふぅ!
やっほーい!!
そうだな。
とてもいい湯だ。

がう…
うん。
いい湯だな。
ぶいいい…
ぴぃ…

CONTENTS

Hennaryu to moto yuusha party zatsuyougakari
shintairiku de nonbiri slowlife

変な竜と元勇者パーティー雑用係、新大陸でのんびりスローライフ 3
えぞぎんぎつね
ill. 三登いつき

1 平和な朝

Hennaryu to moto yuusha party zatsuyougakari shintairiku de nonbiri slowlife

イジェが仲間になった次の日。

俺《おれ》はいつものようにヒッポリアスと子魔狼《こまろう》たち、ピイに起こされた。

小さくなったヒッポリアスと子魔狼のクロ、ロロ、ルルが俺の顔をベロベロ舐《な》めてくるのだ。

そして、ヒッポリアスに影響されたのか、ピイは俺の頭をムニムニしている。


朝になり、目を覚《さ》ましたヒッポリアスたちは、

「起きた！　遊ぼう！　お腹《なか》が空いた！　そうだ！　テオの顔を舐めよう！」

と考えたようだ。

そして、ピイもそれを見て、楽しそうだからムニムニするのだろう。

「おはよう。ヒッポリアス。クロ、ロロ、ルル、ピイ」

「きゅっきゅお」「ひーん」「ぁぅ」「ふんふん」「ぴぃ」

「さてさて、朝ご飯でも食べるか」


俺が起きると、近くで眠っていたフィオとシロも目を覚ます。

「ごはん！」

「ゎーう」

フィオとシロは大きく伸びをしていた。

「あれ？　イジェは？」

フィオやシロ、クロたちと一緒に眠っていたイジェは部屋の中にいなかった。

「わかない！」『ぁーーぅ」

フィオはわからないと言っているが、シロはイジェは先に起きたと言っている。

「そっか。朝ご飯の準備をしてくれているのかな。手伝いにいかないと」

『ひっぽりあすもてつだう！』

「うーむ。あまり手伝うことはないかもしれないぞ」

意欲はあっても、ヒッポリアスが朝食の準備を手伝うのは難《むずか》しかろう。

「ぁぅぁぅ」『ごはん』「くーん」『ぴぃっぴぃ」

ロロ以外の子魔狼たちとピイも手伝う気満々らしい。

だが、ヒッポリアス以上に子魔狼たちとピイが手伝うのは難しい。

「そうか。うむ。やる気があるのはよいことだぞ」

そして、俺はヒッポリアスとフィオ、シロ、子魔狼とピイと一緒に家の外に出た。

すると、調理場兼食堂の方が賑《にぎ》やかだった。

「ソレはムス」

「ほいほい！」

「ソレはニクとイッショにユデル」

「任《まか》せろ！」

昨日と同じくイジェがテキパキと指示を出しているようだった。

俺も調理場の方に顔を出す。

「手伝うことはあるか？」

「ダイジョウブ！」

「テオさんは、子供たちのご飯を作ってやってくれよ」

「それもそうだな」


冒険者に言われて、俺は子魔狼たちのご飯を作ることにした。

作るとはいっても、もう火を通した肉を潰《つぶ》して、食べやすくするだけだ。

難しい作業ではない。

俺は食堂に移動して、肉をすり潰していった。

「ヒーン」「ゎぅ」「ぁーぅ」「きゅーぉ」

子魔狼たちは待ちきれない様子で「食べたい食べたい」と鳴いている。

なぜか、ヒッポリアスも子魔狼たちと一緒に鳴く。

ちなみに、フィオは調理場でイジェを手伝い始めた。

すると後ろからヴィクトルに声をかけられた。

「テオさん、おはようございます」

「む？　ああ、ヴィクトルおはよう。大丈夫《だいじょうぶ》なのか？」

ヴィクトルは毒赤苺《ポイズンレッドベリー》を食べて食中毒になっていたのだ。

「おかげさまで、もう大丈夫ですよ。テオさんの解毒薬も効《き》きましたし、イジェさんのご飯を食べてとても元気になりました」

「それならいいんだが……。しばらくゆっくりしていた方がいいんじゃないのか？」

「激《はげ》しく動かなければ大丈夫ですよ」

「そうか。無理はしないようにな」

「もちろんです」

「力仕事は代わりにやるから、のんびり過ごしてくれ」

病《や》み上がりの間は、元気に見えても体力を消耗しているものだ。

油断して無理をすると、別の病気になりかねない。

「ありがとうございます、無理はしませんよ」

「それならいいんだが、ヴィクトルは回復したとして、他の皆は？」

毒赤苺を食べたのはヴィクトルだけではない。

五名の冒険者と地質学者もヴィクトルと一緒に食べて、床《とこ》に伏していたのだ。

「冒険者たちは症状もなくなりました。皆元気になりましたよ。ですが……」

「学者先生はまだか」

「はい。熱は下がったのですが、少しまだ症状が残っています」

新大陸調査に名乗りを上げるぐらいだから、地質学者も体力がある方だろう。

それでも、一流の冒険者たちと比べたら、体力で劣《おと》るのは当然だ。

回復までもう少しかかっても仕方あるまい。


そのとき病気だった冒険者と地質学者がやってくる。

症状が残っているということだったが、出歩けるぐらいには地質学者も回復したようだ。

「いいのか？　出歩いて。朝ご飯なら持っていくが……」

「ありがとう、大丈夫だよ。たまには外の空気を吸わないとな」

「無理はするなよ？」

「もちろんだ。朝ご飯を食べたら、また寝に戻るよ」

食中毒患者の中で、最も回復の遅い地質学者も昨日に比べたら見違えるほど元気になった。

薬とイジェの病人食が効いたのだろう。


そんなことを話している間に、子魔狼たちのご飯の準備ができる。

「子魔狼は……子供だから先に食べてもいいだろう」

「きゃうきゃう」『ごはん』「ぁうぁう」「きゅお！」

子魔狼たちに並んだヒッポリアスも食べたそうに鳴いていた。

2 製作と朝ご飯

Hennaryu to moto yuusha party zatsuyougakari shintairiku de nonbiri slowlife

俺《おれ》はヒッポリアスと子魔狼《こまろう》たちにどうやってご飯を食べさせるか考えた。
考えながら、とりあえず机の上に皿を並べる。
その皿にヒッポリアスと子魔狼たちのご飯を入れていった。
「きゅお！」
「きゃふきゃふ」「わふ」『おなかへった』
ヒッポリアスと子魔狼たちは机に前足を乗っけて、食べたいとアピールしている。

現状、ヒッポリアスと子魔狼たちは椅子《いす》の上に乗っている。

椅子は人が一人座《すわ》るのにちょうどいい大きさしかない。

ヒッポリアスと子魔狼たちは小さいとはいえ、椅子の上に皿を置くと狭すぎる。

だからといって、皿を机の上に置くと、小さい子魔狼たちは食べにくそうだ。

体勢も辛《つら》そうだし、よくわからないが、消化とかにも悪いのではなかろうか。

それを防《ふせ》ぐためには机の上にヒッポリアスと子魔狼たちを乗せるのが早いのかもしれない。

だが机の上に乗せて食べさせるのはしつけによくない気がする。

「そうだなぁ。ヒッポリアス。クロ、ロロ、ルル。少し待ってくれ」

『わかった』『はやくはやく』「あう」『まつ』

クロだけは少し甘えた声で早く食べたいと「ぴー」と鳴いた。

だが、クロも含めて、みんな待ってくれるらしい。

「みんなえらいぞ」

俺はヒッポリアスと子魔狼たちを優しく撫《な》でる。


そうしてから、製作スキルで子魔狼たちが乗る椅子の上に置く台を作ることにした。

材料の木材は魔法の鞄《マジック・バッグ》に入れてある予備の木材を使った。

台は小さくて、構造は極《きわ》めて単純。

作ろうと思えば一瞬で作れるのだ。

鑑定スキルで木材を鑑定してから、製作スキルで一気に作る。


「これでよしっと」

十秒ほどで、ヒッポリアスと子魔狼三頭、計四つの台を作って椅子の上に置いた。

その台の上に、子魔狼たちを乗せていく。

するとヒッポリアスと子魔狼たちは前足を机の上に乗せる。

そして、はち切れんばかりの勢いで尻尾《しっぽ》を振り始めた。

前足を乗せるぐらいはまあいいだろう。

俺たちも子魔狼たちにとっての前足にあたる両腕を机の上に乗せるのだから。


「食べていいよ」

「がふがふがふ」『おいしおいし』「きゃふぃ」『うまい』

子魔狼たちのご飯は俺がすり潰《つぶ》したお肉。

そしてヒッポリアスのご飯は、焼いた魔猪《まちょ》の内臓である。

「いっぱい食べなさい。ピイは何が食べたい？」

『もうたべた』

「む？」

『ねてるておどーるをぺろぺろした。おなかいっぱい』

「そ、そうか」

道理で顔がすべすべしていると思ったはずだ。

顔の老廃物《ろうはいぶつ》などを綺麗《きれい》に食べてくれたらしい。

ピイと暮らすようになってから、肌が若返った気がしなくもない。

一生懸命朝ご飯を食べるヒッポリアスと子魔狼たちを、地質学者や冒険者が優しい目で見つめていた。

「可愛《かわい》いな。本当に」

「ああ、そうだな」

ヒッポリアスと子魔狼には本当に癒《い》やされる。

あまりに可愛いので、眺めるだけで、きっと食中毒の回復も早まるに違いない。


そのとき、イジェたちが朝ご飯を持って食堂にやってきた。

どうやら、朝食が完成したらしかった。

手伝おうとするヴィクトルを止めて、俺は配膳の手伝いをする。

俺が配膳の手伝いをしている間、ヒッポリアスと子魔狼たちは食べるのをやめてこちらをじっと見ていた。


配膳を終えて、椅子に座りながら、俺はヒッポリアスたちに尋ねる。

「どうした？　お腹《なか》いっぱいなのか？」

『たべるところみてて』

「ぁぅ」「……」「くぅーん」

「わかったよ。ちゃんと見ているからな」

俺が見ているのを確認して、ヒッポリアスと子魔狼たちはご飯を再び食べ始める。

「きゅむきょむ」

『うまい』「ゎぅゎぅ」『おいしおいし』

一生懸命食べているヒッポリアスと子魔狼たちはとても可愛らしい。

手伝いを終えて、近くに座ったフィオもヒッポリアスと子魔狼を撫でる。

フィオと一緒に行動していたシロも椅子に座って、子魔狼とヒッポリアスを舐《な》めていく。

どうやら、ヒッポリアスと子魔狼たちは食べているところを見ていてほしいようだ。

よくわからないが、甘えの一種なのだろう。


それから、俺はイジェやフィオ、シロ、それにケリーや冒険者たちと一緒に朝ご飯を食べた。

冒険者たちは、イジェが中心となって作った料理をゆっくり食べている。

「……いやぁ……うまいな」

「昨日の夜ご飯も、絶品だったが……本当にうまい」

食材はこれまでとほぼ同じ。

山菜と魔猪の肉を炒めたものだ。

美味《おい》しいのはイジェの村から運んできた調味料と、下ごしらえのおかげだろう。

「へへへ」

皆に褒《ほ》められてイジェは照れていた。

「私たち向けの食事も本当に美味しいですよ。イジェさん、ありがとうございます」

ヴィクトルも丁寧《ていねい》にお礼を言う。

今朝《けさ》もヴィクトルや地質学者などの食中毒組は病人食だ。

山菜と肉を粥状《かゆじょう》に軟《やわ》らかく煮たものである。

消化にもよさそうだし、食中毒で胃腸の弱ったヴィクトルたちには最適だ。

「イジェさん、ありがとうな！　おかげで元気になるよ！」

「へへへ。ソンナ、タイシタコトは」

「いやいや、本当に助かるよ！」

イジェは、昨日仲間になったばかりだが、完全に仲間として受け入れられたようだった。

食事が終わると、俺《おれ》はフィオと一緒に、イジェの後片付けを手伝う。

俺の後ろでは、ヒッポリアスと子魔狼《こまろう》がわちゃわちゃ遊んでいた。

それをシロが見守っている。

小さくなれるようになってから、ヒッポリアスは前よりも子供っぽくなった気がする。


子供たちのことはシロに任《まか》せて、俺は皿を洗っていく。

その作業をしながら、イジェに尋ねた。

「イジェ。何か必要なものとかあるか？」

「ヒツヨウなモノ？」

「何でもいいぞ。作れるかどうかはわからないがな」

これがあったら暮らしやすいというものがあれば、用意してあげたい。

「ウーン」

イジェは真剣な表情で考え込む。

「うーん。ひつよなもの……」

イジェの隣で作業していたフィオも一緒に考え込んでいる。

イジェとフィオの尻尾《しっぽ》が同期しているかのようにゆっくりと揺れる。

その揺れる尻尾にヒッポリアスと子魔狼たちがじゃれついていた。


「フィオも必要なものがあるのか？」

「うーむ……。ふく！」

「服か」


実は服を製作スキルで作るのは難《むずか》しい。

服だけではなく靴も難しい。

作れないことはないが、職人が作ったものの方が、着心地、履《は》き心地がよいのだ。

よほど気合いを入れれば、それなりのものならば作れると思う。

フィオが今着ている服はケリーが与えたかなりよい服だ。

同水準の服を作るのは、すごく難しいかもしれない。


「そう！　ふく！　ふゆさむい！」

フィオの尻尾の揺れが勢いよくなった。

それにじゃれつくヒッポリアスと子魔狼たちのテンションも上がっていく。

「あー、確かにな。この辺《あた》りの冬は寒さが厳《きび》しいらしいし」

ケリーの与えた服は上等だが、防寒能力には不安が残る。

そう思ったのだが、

「うん！　ひっぽつるつる！」

そう言って、フィオは自分の尻尾にじゃれつくヒッポリアスを抱きかかえて優しく撫《な》でる。

「つるつる！」

「きゅおー？」

どうやら、フィオは毛のないヒッポリアスのことを心配していたらしい。

「そうか、ヒッポリアスにも服を作ってやるべきかもしれないな」

「きゅぅ？」

小さくなったヒッポリアスの服ならば作りやすい。

だが、本来の大きさのヒッポリアスにちょうどいい服は材料的に困難だ。

「うーむ。大きいヒッポリアスのための服となると材料集めも大変かもしれないな」

近くで作業していたケリーが、俺たちの会話を聞いてやってくる。

「大きい方が寒さに強いからな。小さいときの服を優先してもいいかもしれないぞ」

「そうなのか？」

「近縁種ならば、一般的に寒い地域にいる動物の方が大きくなる傾向がある」

「……そう言われたらそうかもしれないな」

熱い地方で戦った魔熊《まくま》や魔狼《まろう》より、寒い地方で戦った魔熊や魔狼の方が身体《からだ》が大きく強かった。

「そうなる理由は諸説あるのだが……。身体が大きくなるほど、体重あたりの体表面が小さくなるんだ」

「ふむ？」

「生み出す熱量は体重に比例するし、放熱量は体表面に比例する。だから身体が大きい方が寒さには強い……という説がある」

「なるほどなー」

「だが、尻尾がなぁ。大きいんだよなぁ」

そう言って、ケリーはヒッポリアスの尻尾に触れる。

ヒッポリアスの尻尾は太くて長い。

「きゅお？」

「耳とか尻尾とかが小さい方が放熱量が小さくなるから寒さには強くなるんだがなぁ」

「そういえば、熱い地域の河に生息するカバの尻尾は短いよな」

「うむ。カバは尻尾で放熱しているわけではないだろうし。まあ、ヒッポリアスはカバではなく海カバだが」

ケリーはそう言いながら、尻尾を撫でたり耳を撫でたりしている。

以前はケリーに尻尾を調べられることを嫌がっていたヒッポリアスだが、今は大人しい。フィオに抱っこされたまま、ケリーになすがままいじられていた。

「テオ。ヒッポリアスの生態は気になるが、とりあえず、小さいヒッポリアスの服を冬までに作ればいいだろうさ」

「そうか。それならできるな」

「ヒッポリアスは海に住んでいた。気候学者によると、あの辺りは寒流だから海水温が夏でも冷たいんだ。そうだろ？」

ケリーが少し離れた場所にいる、気候学者に声をかける。

「そうですね。ケリー博士のおっしゃるとおりです」

気候学者は二十代の若手の学者だ。とても優秀らしい。

いいところのお坊《ぼっ》ちゃんという噂《うわさ》である。

気候学者もヴィクトルと同じく、いつも敬語でしゃべっている。

生まれついての貴族であるヴィクトルといい、育ちのいい者たちは言葉遣《づか》いが丁寧《ていねい》なものなのかもしれない。

俺を含めた庶民《しょみん》の冒険者連中とはやはり違うのだ。

「ですから、ヒッポリアスさんも、きっと寒さに強いと思いますよ」

「きゅお！」

ヒッポリアスは褒《ほ》められたと思ったのか、こちらをどや顔で見て、尻尾を揺らしている。

「すごいなヒッポリアスは」

とりあえず、ヒッポリアスのことは褒めて撫でておく。

「寒流ってことは、この辺りの海も夏でも冷たいのか？」

そう尋ねたのは近くにいた若い冒険者だ。

「そうですね。真夏でも泳いで遊ぶのは短時間にすべきでしょう」

「……そうか」

その冒険者はがっかりしているようだった。

海で泳ぐのが好きだったのかもしれない。

そして、俺たちがヒッポリアスの服と寒流について話している間、イジェはうんうんと考えていた。

「イジェ。何か必要なもの、思いついたか」

「エット……。チョウミリョウ、ホカンデキルバショ、ホシイ」

イジェはもじもじしながらそう言った。

4 調味料の保管場所

イジェは、魔熊《まくま》モドキに潰《つぶ》された村から調味料の入った樽《たる》を持ってきてくれている。

数ヶ月放置された村にあったのに傷んでいないということは、正しく保管すれば長期間持つはずだ。

「確かに、保管場所は大切だな。保管に適しているのはどういう環境なんだ？」

「ヒンヤリして、クライところ」

恐らくイジェの村でもそういう場所に保管されていたから、無事だったのだろう。

「ふむ。それ自体は難《むずか》しくないな」

「ホント？」

「ああ、地下室を作れば、日の当たらないヒンヤリとした部屋になるだろう」

もし温度が上がりすぎるようなら、水の配管を壁の近くに走らせればいい。

上水と下水を整備したときは金属が足りなかったので、管を自由に配置することは難しかった。

だが、この前ヒッポリアスにも手伝ってもらって、金属採集を行った。

だから今は金属に余裕がある。

「チカシツ！」

イジェも喜んでくれる。

だが、食堂の方からヴィクトルの声がした。

「えっとテオさん、イジェさん。調味料の保管について考えているのですね?」

病《や》み上がりのヴィクトルは後片付けを免除されている。

だからヴィクトルは食堂にいたのだ。

食堂で冒険者たちと今日の活動について話し合いながら、俺《おれ》たちの話も聞いていてくれたらしい。

「そうなんだ、ヴィクトル」

「盗み聞きしたみたいですみません」

「いや、それはいい。聞かれてまずいことでもないしな」

「ありがとうございます」

「それにしても、そちらも大事な話をしていただろうに、よく会話内容を把握できたな」

「たまたまですよ」

そんなことを調理場と食堂に分かれて話している間に、後片付けが終わる。

俺とケリー、イジェとフィオ、シロ、それにヒッポリアスとピイと子魔狼《こまろう》たちは食堂へと移動した。

「それで、ヴィクトル。調味料の保管場所について何かいい案があるのか?」

「いい案というほどのことではありません。前からギルドの魔法の鞄《マジック・バッグ》に食料品を保管していたでしょう？」

「そういえば、そうだったな」

今調査団が持っている魔法の鞄は、俺の私物とヴィクトルがギルドから借りてきたものの二つだ。

俺の私物の方は俺が基本的に持ち歩いて、素材やら食料品やら色々《いろいろ》入れて便利に使っている。

ギルドの魔法の鞄には、ヒッポリアスが取ってきてくれた魔猪《まちょ》の肉などを入れてある。

「ギルドの魔法の鞄にはまだまだ余裕がありますし、食料だけでなく調味料も一緒に保管すればいいと思いますよ」

「なるほど」

「調理場に常置すれば、便利かと」

「確かにそれは便利だが……ヴィクトルは使わないのか？」

「ギルドに借りた魔法の鞄の最大の目的は、航海を成功させるためでしたからね」

つまり、ギルドに借りた魔法の鞄は役目を既に果たしたのだ。

「テオさんの魔法の鞄は採集物や製作スキルに使う素材などを入れるのでこれからも使うでしょうが、こちらは食料庫にした方が有効活用できるでしょう」

「ふむ。そう言われたらそうかもな」

魔法の鞄は、大容量なだけでなく状態保存の魔法までかかっている。

食料や調味料の保管には最適だ。

「イジェはそれでいいかい？」

「イイノ？」

「もちろんですよ、イジェさん。自由にお使いください」

「アリガト」

話がまとまったので、ヴィクトルから魔法の鞄を受け取って、俺は調理場へと戻る。

調理場に、魔法の鞄を入れるために蓋《ふた》付きの木箱を作るためだ。

構造は簡単だし、さほど大きくもない。

全く難しくないのですぐ作れるだろう。


「イジェ。この魔法の鞄が入るなら、大きさはどのくらいでもいいんだが、どのくらいの大きさが使いやすい？」

「コノグライカナ」

イジェは〇・八メトル辺《あた》りの高さを指さした。

「ふむふむ。蓋を付ける予定なんだが、どちら側に開くと使いやすい？」

「ウーン。ウエかな」

イジェの身長は低い。一・二メトルぐらいだ。

高さ〇・八メトルならば、上に蓋が付いていても中身を取り出せる。

「上か、わかった」

「ウエのホウが、コドモタチもイタズラシニクイし」

「なるほど、それは大事だな」

俺はチラリとヒッポリアスと子魔狼たちを見る。

いたずら盛りの子魔狼たちが開けやすい位置に蓋があれば、勝手に開けて魔法の鞄をかみかみしかねない。

ヒッポリアスは、……多分そういうことはしないが、最近幼い感じがするので万一がある。

「きゅお?」

「わーうわうわぅ」「…………」「あぅ、ぴー」

ヒッポリアスはこっちを見て首をかしげている。

いつの間にか、ヒッポリアスを抱っこしているのがフィオからケリーに変わっていた。

そして子魔狼たちは、シロにじゃれついて一生懸命遊んでいる。

シロの尻尾《しっぽ》を甘噛《が》みしたり、飛びついたり、やりたい放題だ。

そしてシロは弟妹たちのされるがままになっている。

子魔狼たちは楽しくて仕方がないといった感じだ。

「確かに……イタズラ防止は大事かもしれないな」

子魔狼たちもとてもよい子たちだが、まだ赤ちゃん。

楽しくなって、テンションが上がれば、やらかす可能性は高い。
○・八メトルの蓋を自力で開けられるぐらい成長する頃には、きっと落ち着いているに違いない。

5 子供たち

俺《おれ》は木材に丁寧《ていねい》に鑑定スキルをかけて特性を把握すると、一気に製作スキルを発動させる。

上部の空いた、〇・八メトルの立方体の木箱を作り出す。


「箱部分はこれでいいとして……」

次に蓋《ふた》の部分を製作する。

イジェはあまり力が強いわけではない。

だからあまり重くならないようにしなければなるまい。

蓋と箱をつなげる蝶番《ちょうつがい》には金属を使った。

この前、金属採集を済ませておいたおかげで、金属には余裕があるのだ。

貴重だった金属を気軽に使えるようになったのは、非常に助かる。


俺は一気に蓋を製作し終えた。

「よし、ひとまず完成だ。イジェ、開けたり閉じたりしてみてくれ」

「ウン！　……スゴク、アケヤスイし、シメヤスイ」

「それならよかった」

作った俺自身も開閉してみる。

不具合はなさそうだ。

「こんなもんかな」

そして、箱の中に魔法の鞄《マジック・バッグ》をセットした。


もう一度、イジェに使い心地を確かめてもらう。

「ウン！　トリダシヤスイよ！　アリガト」

「それならよかった。もし、使っているうちに使いにくいところに気付いたらすぐに教えてくれ」

「ワカッタ！」

「ふむふむぅ！」

フィオも興味があるようで蓋をパカパカさせていた。

「フィオ、ここに調味料とか食料を入れるんだ」

「ごはん！」


そして、俺は調味料の樽《たる》を魔法の鞄へと入れていく。

「ついでに、採集した山菜とヒッポリアスからもらった肉や魚も入れておこう」

俺の魔法の鞄から箱の中の魔法の鞄へと移動させていく。

「きゅお？」

それを見ていたヒッポリアスが首をかしげる。

「大丈夫《だいじょうぶ》だぞ。ヒッポリアスたちのおやつとご飯はちゃんと俺の鞄に入れたままにしておくからな」

『ひっぽりあすは、おやつなくてもだいじょうぶ！』

「そうか」

俺はケリーに抱かれたままのヒッポリアスの頭を撫《な》でた。

すると、尻尾《しっぽ》がぱたぱたぱたぱたと勢いよく揺れる。


その後、イジェはヴィクトルやケリーと一緒に農地にする場所を見にいくことになった。

イジェたちの村は農村だったのだ。

だから、イジェもこの地での農業に詳《くわ》しいらしい。

それに、イジェは農具や種も持ってきてくれている。

新大陸での食事事情を大きく改善させたイジェだが、農業基盤を作るのにも、活躍してくれそうだ。


「俺も負けるわけにはいくまい」

『いのししつかまえる？』

子魔狼《こまろう》たちやシロと一緒に地面を駆《か》け回っていたヒッポリアスが尋ねてきた。

「それもいいけど、とりあえず金属を手に入れたからできることをやっておきたいな」

『そっかー』

「夏の間に、冬の準備を順番にやっておかないと、後で大変だからな」

『てつだう？』

『くろも！　くろも！』「ぁぅ」『てつだう』

クロが手伝うと騒ぎ出すと、ロロとルルも手伝いたいのか、お座《すわ》りしてこちらを見る。

確実にクロは手伝うことと遊びの区別がついていなさそうだ。

「うーん。今のところは大丈夫だ。ありがとうな」

「きゅお」

「わう！」「ぁぅ」「くーん」

「あ、そうだ。ヒッポリアスはシロと一緒に子魔狼たちのことを見ておいてくれ」

『わかった！』

「わう」

シロも任《まか》せてくれと言っている。心強い限りだ。

「拠点の中からは出ないようにな」

『わかった！』

「わふ」

ヒッポリアスたちの頭を撫でてから、俺は作業に入る。

ちなみにピイは俺の肩の上で、プルプルしていた。

恐らく眠っているのだろう。

多少重いが、振動で肩がほぐれて気持ちがよいのでそのままにしておく。

「まずは……水道の整備だな」

「すいど!」

フィオは作業内容に興味があるらしく、俺にくっついてくる。

フィオは子供なので、基本的に仕事は与えないのだ。

やりたい仕事だけやればいい。

「フィオ、好きに遊んでいていいんだぞ」

「ておの、みるのたのしい!」

「それならいいんだが……」

俺たちの後ろの方ではヒッポリアスとシロと子魔狼たちが遊んでいた。

子供は遊んでいるべきなのだ。

魔白狼《まはくろう》であるシロは仕事を与えないと落ち着かないようなので仕事を与えてはいる。

ヒッポリアスも手伝いたそうだったので、子魔狼たちを見ておいてと言ったのだ。

とはいえ、ヒッポリアスは適当に遊んで楽しんでくれるので、その点は安心である。

「イジェも子供なのだし、遊んでいていいんだがなぁ」

「いじぇ、りょうりがしゅみ！　いてた」

「そうなのか。ふむ」

子供でも仕事をしたいならば、仕事をさせてもいいのかもしれない。

俺自身、冒険者の荷物持ちを始めたのは十歳の頃だ。

俺が働いたのは、両親が死んで働かなければ生きていけなかったからだ。

「……あまり辛《つら》くない仕事の環境を整えればいいか」

俺のときは本当に辛かった。

自分の体重より重たい荷物を持たされ、大人の足に必死についていくのだ。

おとりにされたことも一度や二度ではないし、お腹《なか》いっぱい食べることもできなかった。

寝ずの番はいつも俺の仕事だったのだ。


「子供は気楽にお腹いっぱいご飯を食べて、好きに遊ぶべきなんだよ」

「そかー」

「フィオもシロも、クロ、ロロ、ルルも、そしてイジェも子供なのに苦労しすぎだ」

「でも、ふぃお、いまたのしよ？」

「楽しいならよかったよ」

「ごはん、うまい！」

そう言って、フィオは尻尾を振る。

「それなら、本当によかったよ」

「うん！」

そんなことを話している後ろでは、シロにヒッポリアスと子魔狼たちが楽しそうにじゃれついていた。

6 洗面台を作ろう

拠点には冒険者と学者たちが住んでいる宿舎が五軒ある。

それに加えてヒッポリアスの家と病舎もある。

その計七軒の建物には、まだ水道が引かれていない。

一方、食堂兼調理場と浴場、トイレには上下水道が既に配備されている。


俺《おれ》は拠点の中心にあぐらをかいて座《すわ》った。側にはフィオとシロも。

そうしてから、既に地下に埋設《まいせつ》している上下水の配管の位置を思い浮かべる。

敷設《ふせつ》したときは、金属が足りなかった。

だから材料節約のために、配管は最短距離を走らせているのだ。


「ふぅむ」

「きゃふきゃふ」

座った俺に気付いたクロがぴーぴー鳴いて甘えてくる。

俺はクロの頭をわしわし撫《な》でながら、考えた。

『あそぶ？』「ぁぅぁぅぁぅ」

ロロとルルもやってきて俺のひざの上に乗ろうとしてくる。

ロロとルルのことも撫でまくった。

クロもそうだが、ロロもルルもモフモフでふかふかだ。

「クロ、ロロ、ルル。今は遊んであげられないんだよ」

「きゅ」「ふんふん」「ぁーーぅ」


甘えている子魔狼《こまろう》たちをフィオが二頭を抱っこし、シロが一頭咥《くわ》えて離してくれる。

そして、遅れてヒッポリアスがひざの上に乗ってくる。

「きゅお」

「ヒッポリアスも甘えたいのか」

俺はヒッポリアスを撫でながら考える。

ヒッポリアスの手触りはとても心地よい。

「今ある上下水道の配管から、各戸の水回りの配管を伸ばしてつなげればいいかな」

食堂や浴場、トイレに敷設した上下水道の配管はかなり余裕を持って太めに作った。

だから、そこから枝分かれさせても、問題ないだろう。

「……金属があると本当に楽だな」

『かんたん？』

「そうだよ。下準備は必要だけどな」

金属は加工が楽なのだ。

木材や石材を使うときには、鑑定スキルを丁寧《ていねい》にかける必要がある。

それは、木や石には一つとして同じものはないからだ。

木ならば、生《は》えている場所、樹齢などの条件で、性質が変わっていく。

石も木ほどではないが、細かく見れば成分が異なるし、結晶の大きさが違っていたりする。

「その点、金属は精錬の時点で気合いを入れておけば、かなり均一だからな」

『そっかー』


既に、ヒッポリアスに鉱脈を砕《くだ》いてもらい製作スキルを使って金属のインゴットを作ってある。

だから、鑑定スキルをそこまで丁寧にかけなくても、製作に入れるのだ。

「ヒッポリアスに手伝ってもらって採集したおかげだよ」

「きゅうお！」


上下水道の配管について決めたら、次は各戸に配備する洗面台の設計だ。

宿舎の洗面台は共有部分に一つあればいい。

洗面台の高さは〇・八メトルぐらいにすればいいだろう。

お湯と水の両方が出るようにすれば、非常に便利になる。

特に冬場などはお湯が出るのと出ないのとでは快適さが全く違う。

「病舎は……。難《むずか》しいな」

「むずかしい？　なで？」

フィオに尋ねられた。

フィオが抱えていたクロとロロは、ルルと一緒に、俺のすぐ近くでシロにじゃれついている。

子魔狼たちの楽しげな様子を見たヒッポリアスも俺のひざから降りて、シロのところに走っていった。


「うん。難しい」

「どして？」

「病気や怪我《けが》によって必要とされる機能が異なるんだ」

「そかー」

「それに、病舎は病人のための建物だからな。日常的に使うわけでもないし」

「ふむう」

フィオは真面目《まじめ》な顔で考えていた。

大けがした冒険者が運び込まれたら、傷口を洗う場所が必要になるかもしれない。

「洗面台を低くして、大きめに作っておくか」

足を怪我したときは低い方がいろいろと便利かもしれない。

足を洗うための洗面台。いやそれはもはや洗面台ではない。

単に洗い場というべきだろう。

「後回しにしてもいいんだが……。いつ怪我人や病人が出るかわからないし、そのときになって作るようでは遅いかもだからな」

「うん！」

「ヒッポリアスの家の洗面台も作らないとな」

「ひっぽのいえ！」

「まあ、それは最後にしよう」

背の低いフィオでも使いやすい高さに設置しなければならない。

後で、フィオに試してもらいながら作った方がいいだろう。


まず俺は冒険者たちの宿舎へと向かう。

一応その宿舎を使っている冒険者の一人に報告してから洗面台の製作に入る。

「四本の柱の上にシンクという形でいいか」

実際に配備する場所を見て、大まかな形を決める。

高さ〇・八メトル。横幅と奥行き〇・五メトル。シンクの深さは〇・二メトルぐらいでよいだろう。

　構造が単純なので、製作スキルで作ること自体は難しくない。

　難しいのは、金属の配合だ。

　鉄をそのまま使うのが最も楽なのは間違いないが、鉄は水に弱い。

　すぐに錆《さ》びてしまう。


　俺は、フィオたちと一緒に宿舎から出ると、

「えーっと……確か」

「ふむふむ？」

　魔法の鞄《マジック・バッグ》から金属のインゴットを取り出していく。

　使うのは、主成分の鉄と、錆対策として加えるクロムとニッケルである。

「まぜるの？」

「そうだよ、この金属を混ぜると錆びにくくなるんだ」

「すごい！」

「本当はものすごく高温にしたり、いろいろな手法で合金にするんだけど」

　製作スキルを使えば合金を作ることも可能なのだ。

　配合比率は、とある工業都市の錬金術師と職人が長年かけて編み出したらしい。

　門外不出の技術だ。

俺は作られた合金の加工品を鑑定して理解した。

とても便利なので、その知識を使わせてもらってはいる。

だが、錬金術師と職人の商売の邪魔《じゃま》を必要以上にしたくないので、人には教えないことにしているのだ。

「まあ、見ていてくれ」

そして、俺は大量の鉄、クロム、ニッケルのインゴットを並べて、一気に合金へと変化させた。

7 洗面台の配置を考えよう

作られた大きな合金の塊《かたまり》を見て、フィオは興奮気味《こうふんぎみ》に、

「ふおー」

と叫《さけ》んだ。

「でかい！」

「洗面台だけでなく、配管もこれで作るからな」

「そっかー」

ヒッポリアスと子魔狼《こまろう》たちが金属塊に興味を持ったらしく、駆《か》けてくる。

「これは、だめ」

「きゃふ」

だめと言ったらちゃんと言うことを聞いて、触れないのでとても偉い。

「えらいぞ。これは材料だからね」


合金ができたら、洗面台を作る。洗面台自体は簡単だ。

構造も複雑でもないし、すごく大きいわけでもない。

頭の中に描いた設計図どおりに、四本の柱とシンクで作られた洗面台を製作スキルで作っていく。

「すごーい！」

先ほど合金の金属塊を作ったときよりもフィオのテンションが高い。

難度は合金を作る方が上なのだが、下から生《は》えるように洗面台ができていくさまは見ていて面白《おもしろ》いのだろう。

残った金属塊は、重たいのでとりあえず魔法の鞄《マジック・バッグ》にしまっておく。


「よしこの洗面台を宿舎内に設置してと……」

俺《おれ》は作った洗面台を手で持って、宿舎内へと運んでいく。

「ふぃお、もつ」

「大丈夫《だいじょうぶ》だよ。ありがとうな」

フィオは一緒に持とうとしてくれたが、洗面台自体はあまり重くない。

子魔狼たちより軽いぐらいだ。

「それより、フィオ。さっきのお兄さんを呼んできてくれ」

「わかた！」


さっきのお兄さんというのは、この宿舎に住んでいる冒険者の一人だ。

昨日一昨日と、沢山《たくさん》働いたので今日はお休みらしい。

食堂で今日お休みの冒険者たちとのんびり過ごしているはずだ。

「わふぅ！」

「クロたちは俺と一緒に待っていような」

「わふ」

俺は、走っていったフィオを追いかけようとしたクロを止めた。

シロがクロのことをベロベロ舐《な》める。

俺は子魔狼たちのことはシロに任《まか》せて、洗面台を宿舎の中へと運ぶ。

俺が宿舎の中に入ると、シロに付き添《そ》われたヒッポリアスと子魔狼たちもついてくる。

「扉の幅がギリギリだな。今度から中で作ろう」

宿舎は玄関を入ると、それなりに広い共有スペースとなっている。

そして、共有スペースから個室につながる扉があるのだ。

「さて、どこに設置するかだが……」

どこに設置するかは、実際に住んでいる者の意見を聞いた方がいい。

だからフィオに呼んでもらったのだ。

少し待っていると、フィオが扉から入ってきた。

「かんせい？」

「まだだぞ」

フィオにヒッポリアスと子魔狼たちがじゃれつきにいく。

フィオから遅れて、若い冒険者が入ってきた。

「テオさん。フィオに呼ばれて来たんだけど……」

今度は入ってきた冒険者に子魔狼たちがじゃれつきにいく。

「お前ら……本当に……」

若い冒険者は自分の足にまとわりつく子魔狼たちを見て一瞬固まった。

「この世のものとは思えないほど可愛《かわい》いな」

「きゃふ」「ぁぅ」「ゎぅぁぅ」

冒険者はじゃれつく子魔狼たちをもふもふと撫《な》でまくる。

ヒッポリアスは冒険者にじゃれつきにはいかず、俺の足元に来る。

ヒッポリアスより子魔狼たちの方が人見知りはしないのかもしれない。


俺はヒッポリアスを抱きかかえると、子魔狼たちにデレデレしている冒険者に声をかける。

「わざわざ悪いな。来てもらって」

「あっ、はい。なんっすか！」

そう言いながらも、子魔狼たちを撫でる手は止めない。

「洗面台を設置する場所について意見を聞きたくてな」

「場所っすか？」

冒険者は顔を上げる。

「おっ！　おお……」

そして、初めて洗面台の存在に気がついたようだ。

子魔狼たちにじゃれつかれていたので、気付かなくても仕方がないことだ。

「さすが、テオさん、作るのが早いっすね」

「構造が単純だし、そもそも完成ではないんだ。難《むずか》しいところはこれからだからな」

「それでも半端《はんぱ》ないっすよ。あっそうだ。場所っすよね」

「ああ、俺は宿舎に住んでないからな。実際に住んでいる人に聞くのがいいと思ってな」

俺がそう言うと、若い冒険者は子魔狼たちを撫でていた手を止めて、洗面台に近寄る。

「なるほど……ちなみにこれはどうやって使うんすか？」

「えっとだな。まだ未完成だからわかりにくいんだが、この辺《あた》りに水を出せる装置を取り付けるんだ」

「ほうほう。簡単な洗濯をしたり、水を飲んだりできるってわけっすね」

「まあ、そういうことだ。今は夏だからそうでもないが、冬になったら顔を洗いに外に行くのも辛《つら》いだろう？」

「確かに！　学者先生が言うには、この辺りの冬は寒いらしいっすからね」

「そうらしい。イジェもそう言っていたからな」

「こっちに住んでたイジェさんがそう言うなら、確実っすね。冬かー」

そんなことを言いながら、洗面台を観察し始める。

「この辺りから水が出て、まあここで手を洗ったり、顔を洗ったりするんだ」

「ふむふむ。それなら……。この辺りがいいかなぁ」

そう言って、若い冒険者は共有スペースの一角を指さした。

8 洗面台設置の完了

Hennaryu to moto yuusha party zatsuyougakari shintairiku de nonbiri slowlife

若い冒険者は、足元にじゃれつくクロを抱き上げる。

「扉に近いと、ぶつかるかもしれないし……遠いとそれはそれで面倒だし」

「なるほど。この辺《あた》りか」

「はい、この辺りなら、便利かもっすけど、配管とかの問題は大丈夫《だいじょうぶ》っすか？」

「それは問題ない。どちらにしろ地中に埋設《まいせつ》するからな」

「そうっすか！　すごいっすね！」

設置場所が決まったら、固定して、配管を通せばいい。

それが難《むずか》しいのだが、トイレや食堂、浴槽《よくそう》に配管をつなげたときよりは簡単だ。

俺《おれ》は床にヒッポリアスを降ろすと、洗面台の固定に入る。

洗面台の固定を済ませると、配管を通す作業だ。

「気合いを入れるから、少し構ってやれないぞ」

『わかった！』

ヒッポリアスは俺の邪魔《じゃま》をしないように、フイオとシロの方へとことこと歩いていく。

一方、若い冒険者は、食堂には戻らず、子魔狼《こまろう》たちを撫《な》でまくっている。

恐らく、食堂でのんびりするより、子魔狼たちを撫でている方が癒《い》やされるのだろう。

気持ちはよくわかる。


そして、俺は気合いを入れて、鑑定スキルをかける。

対象は床の下の地面である。

深さ三メトル、縦横三十メトル四方ぐらいまで一気に鑑定スキルで地中の状況を把握した。

地中の状況には、俺が敷設《ふせつ》した下水管と上水管の位置と状態も含まれる。

「よしっ!」

鑑定を終えると、俺はすぐに魔法の鞄《マジック・バッグ》から金属塊を取り出した。

製作スキルを使って金属管を製作していく。

その際、製作場所を、地中に設定するのだ。

それにより、土と入れ替わる形で、金属管が伸びていく。

金属管は地中の深いところに敷設する。

その方が凍結に強いからだ。

ゆっくりと管を製作しながら伸ばしていき、上水の太い管まで到達させて一気に接続した。

管同士の接続も上水の太い管の一部と、新しい管を置き換える形で行う。

その作業を冷水と熱水の二通り分、実行し終えた。

「上水はこれでよしと」

今は床から二本の管が生《は》えている状態だ。管の上は金属で蓋《ふた》をしてある。

水を流す前に下水管を通さないと、水浸《みずびた》しになってしまうからだ。

「おわた?」

フィオが尋ねてくる。

「まだだよ」

「わかた!」

フィオはヒッポリアスや子魔狼たちが俺の邪魔をしないようにしてくれているようだ。

「ありがとうな」


俺はフィオにお礼を言って作業に戻る。

下水管の方が太い。だが、太さ以外は上水と基本は同じである。

そして、一本でいいので、上水よりも楽なのだ。

上水と同じように地中に管を通し、大本の管につなぐ。

それを終えてから、シンクの底面に管をつないだ。


「これでよしと」

「おわた？」

「もう少しだよ」

「わかた！」

フィオはやはり興味があるようで、床から生えている二本の上水の管とシンクにつながった下水の管をちょんちょんと触る。

そして、ヒッポリアスたちのところへと戻っていった。


「さて、一番大変なところは終わったが……一番面倒なところが残っているな」

それは蛇口《じゃぐち》だ。

蛇口はレバーを使って、出したいときに水を出せるようにする構造を作らねばならない。

それは少し複雑で、面倒だ。

しかも蛇口のひねり方で、温水と冷水の出方を変えて、温度調節が可能にしたい。

「まあ浴場に取り付けたのと同じ構造でいいか」

上水の管をさらに延長させて、蛇口を作り、温水と冷水のレバーをそれぞれ付けて完了だ。


「よし、完成だ」

「おわた？」

「ああ、ここのは終わったよ」

「わーい」

フィオも喜んでくれた。

フィオに抱かれていた、ヒッポリアスも尻尾《しっぽ》をぶんぶん揺らしている。

「完成っすか？　ありがとうございます！」

「ああ、実際に使ってみてくれ。使い方は……浴場と一緒だ」

「了解っす！」

冒険者に実際に冷水と温水を出して、確かめてもらう。

「ばっちりっす！　ありがとうございます！」

「無事完成できてよかったよ。じゃあ、次にいくか！」

「わほい！」

まだ洗面台を設置しなければならない宿舎は四軒あるし、ヒッポリアスの家にも設置しなければならないのだ。


俺とフィオ、シロとヒッポリアスと子魔狼たちは隣の宿舎へと向かう。

若い冒険者は、やっと食堂の方に戻るようだ。

そしてピイは相変わらず俺の肩の上である。

「ぴぃ」

「起きたか？」

『ておどーる。かたこった？』

そう言われて、肩を回してみる。

製作スキルの使用ではさほど疲れなかった。

だが、その前の鑑定スキルで頭を使った。

頭を使うと肩が凝《こ》る、気がする。


「少し凝ったかな」

「ぴぃ～」

鳴きながら、ピイは肩を揉《も》んでくれる。

とても気持ちがよい。

「おお、ピイありがとうな。すごく効《き》くよ」

「ぴぴぃ」

ピイは頭の方まで揉んでくれる。

肩と頭の凝りがほぐされていく。

「いくらでも鑑定スキルも製作スキルも使えそうだよ」

『よかったー』

ピイに助けられて、俺は残り四つの宿舎の洗面台の設置を終えたのだった。

9 ヒッポリアスの家の洗面台

Hennaryu to moto yuusha party zatsuyougakari shintairiku de nonbiri slowlife

冒険者と学者たちの宿舎五軒全《すべ》てに洗面台を設置し終えたら、次はヒッポリアスの家の番だ。

俺《おれ》とフィオが連れ立って歩き、その後ろをヒッポリアスと子魔狼《こまろう》たちがわちゃわちゃついてくる。

そして最後尾は保護者役のシロだ。

「ヒッポリアスの家に洗面台を設置するよ」

「きゅお！」

ヒッポリアスも嬉《うれ》しそうに鳴いていた。

ヒッポリアスの家に着いたら、フィオと手分けして、ヒッポリアスと子魔狼、そしてシロの足を拭《ふ》いて中に入る。


「さて洗面台だが……どの辺《あた》りにあると便利だろうか」

「うーん？」

「きゅおー？」

フィオとヒッポリアスが真面目《まじめ》に考えてくれていた。

その後ろでは子魔狼たちがシロにじゃれついて遊んでいる。

「入り口の近くに設置するか。足を洗いたいときもあるからな」

「あしあらう！」

「そうだなぁ、シロたちの足を洗えるように低い場所にも一つシンクを設置するか」

「わふぅ！」


イジェとフィオが使うので冒険者たちの宿舎に設置した洗面台より低くする。

それ以外は基本的に冒険者たちの宿舎に設置したものと同じだ。

そして、洗面台の下に、子魔狼が自分で入れるぐらい低いシンクを設置する。

そちらも、面倒なのは配管だけだ。

しかも配管自体は冒険者の宿舎に設置したものと同様なので難《むずか》しくない。

だから、大した手間もなく、完成させることができた。


「よし！　完成だ！」

「わふぅ！　かんせい！」

早速、フィオは洗面台を使って手を洗う。

「つめたい！　ふへへー」

すごく楽しそうでなによりである。

『あらう』

一方、ヒッポリアスが低い位置にあるシンクに入る。

そしてレバーを操作して、頭から水を浴びていた。

『きもちいい！』

海で暮らしていたヒッポリアスは水が好きなのだろう。

だが、シロと子魔狼たちは、冷たい水に濡《ぬ》れるのは嫌がる。

『だいじょぶ？』「……ひぃん」『……ぅわぁ』

子魔狼たちは、ばしゃばしゃ遊んでいるヒッポリアスを見てドン引きしていた。

ルルなど、人の言葉で「うわぁ」と言っているほどだ。

「きゅぅお！」

ヒッポリアスはそんなことをお構いなくバシャバシャ遊ぶ。


しばらく遊んだ後、満足したようで、シンクから外に出てくる。

「あっと、ヒッポリアス、拭くから待ってくれ」

「きゅお？」

びしゃびしゃの状態で歩き回られたら床が濡れてしまう。

俺が拭くためのタオルを用意していると、ルルがヒッポリアスをペロペロと舐《な》めていた。

ルルは濡れたままにしたらヒッポリアスが風邪《かぜ》を引くと思ったのだろう。

子魔狼の中でもルルは特に面倒見がいい気がする。

「ルルもありがとうな」

「ぁぅ」

俺はヒッポリアスの体を拭いていく。

小さいヒッポリアスを抱き上げて優しく拭いていくと「きゅおきゅお」と鳴いていた。


「さてさて、そろそろお昼ご飯の時間だな。準備を手伝いにいくか」

「ふぃお！　てつだう」

「そうか、頑張《がんば》ろうな」

「うん」

そして俺たちはぞろぞろと、食堂へと向かった。

「イジェとヴィクトルたちも戻ってきている頃だろうな」

「いじぇのごはん、うまい！」

「そうだな。だけど、イジェたちは畑を見つけるので忙《いそが》しいからな」

イジェたちは朝から農地の選定に向かったのだ。

イジェにはお昼ご飯を作る時間はないだろう。


「ふぃお！　つくる！」

「そうだな、それもいいかもしれないな」

とはいえ、イジェの作るご飯が美味《おい》しいので、俺たちが作ったまずい料理だとみんながっかりするかもしれない。

「はたけ、たのしみ！」

「フィオは畑が何かわかるのか？」

「いじぇにきいた！　ごはんができる！」

「まあ、その解釈で間違ってはいないな」

夏から植えて、冬までに収穫できる作物があるのかどうかはわからない。

本格稼働するのは恐らく来年の春になるだろう。


食堂に到着すると、休みの冒険者たちが食事の準備をしていた。

ヴィクトルたちはまだ帰ってきていないようだ。

「おお、何か手伝おう」

「テオさん、助かるよ。でも、食事の準備を手伝うよりヴィクトルたちを呼びにいってくれ」

「ヴィクトルたちも時間はわかっているはずなんだが戻ってこないんだ」

「もしかしたら、戻ってこられない理由があるのかもしれない」

冒険者たちは、ヴィクトルが病《や》み上がりだから心配しているのだろう。

「ふむ。そういうことなら、迎えにいってこよう」

もしかしたら、なんらかの作業で忙しいのかもしれない。

開墾《かいこん》を始めているとは思わないが、草を刈り始めてキリのいいところまで終わらせたい、とかはありそうだ。

そういうことなら、手伝った方がいいだろう。


「ふぃおも！」

「フィオは、ここで食事の手伝いをしていてくれ」

「わかた！」

「シロは子魔狼たちの子守を頼む」

「わふ！」

「ヒッポリアスはついてきてくれ」

「きゅお」

俺はフィオ、シロ、子魔狼たちの頭を順番に撫《な》でてから、ヒッポリアスとピイと一緒に食堂の外に出る。

そして、俺は以前、ヴィクトルたちが農地を探していた方向に向かって歩き始めた。

10 畑開拓班

俺《おれ》はヒッポリアスを抱っこした状態で歩いていく。
ちなみに肩の上にはピイが乗っている。
『ひっぽりあす、おもくない？』
「重くないよ。気にしなくていいぞ」
元々、長年荷物持ちをしていたのだ。
多少重いものを持って歩くことなど、慣れている。
『そっかー』
しばらく歩くと、ヴィクトルたちの姿が見えてきた。
拠点から、ゆっくりと徒歩で一分程度歩いた。
大体、拠点から六十メトルといったところか。
大声を出せば、聞こえる範囲だ。

「あ、テオさん！　どうしました？」
ヴィクトルが俺に気付いて声をかけてくる。

「昼飯の時間だから呼びに来た。何か問題でも起きたのか？」

「いいえ、問題はないですよ。この土地にならば、今からでも収穫が間に合う作物があるとイジェさんが」

「ほう？　それは助かるな。イジェ。何を植えるんだ？」

冒険者たちと一緒に草を刈っているイジェに向かって尋ねてみた。

「アッ、テオさん。マメならイケル」

「豆か。豆はうまいからいいな」

『うまい？　たべたい』

ヒッポリアスも食べたそうに、尻尾《しっぽ》を振っている。

「豆にもいろいろあるんだなぁ」

俺の生まれ育った村でも豆を栽培していた。

だが、春頃には種まきを開始し、秋に収穫していたはずだ。

そして、今は夏。

俺の生まれ育った村で栽培していたものとは品種が違うのだろう。


「デモ、ハタケにスルには、ヤルコトタクサンある」

「木を切って、根を取り除き、草を刈って、石を取って土を耕《たがや》さないといけないよな」

「ソウ。テオさんのイウトオリ。ダカラ、ヒッポリアス。テツダッテ？」

「きゅお？」

俺に抱かれたままのヒッポリアスは、尻尾をぶんぶんと振る。

『ひっぽりあす、てつだう？　てつだう？』

「手伝ってくれると助かるよ」

『てつだう！』

「ヒッポリアスは手伝ってくれるようだぞ」

ヒッポリアスの言葉をイジェに伝える。

「アリガト」

「おお！　ヒッポリアスが手伝ってくれるならすぐ終わるぞ！」

「頼むぞ、ヒッポリアス！」

冒険者たちからも期待の言葉をかけられて、ヒッポリアスはどや顔をしていた。


そんなヒッポリアスを撫《な》でているとき、ふと気付いた。

「あれ？　そういえばケリーは？」

ヴィクトルやイジェたちと一緒に出たはずのケリーの姿が見えない。

「ああ、魔獣学者の先生なら、そっちに……」

冒険者が指さしたのは、畑予定地の向こう側。

深い藪《やぶ》の中だ。

「トイレか？」

そう俺が呟《つぶや》くのと同時に、藪からガサガサと音がする。

「……拠点が近いのに、わざわざ外でトイレなどするか」

出てきたケリーは両手に一匹ずつ蛇《へび》のように巨大なミミズを握っていた。

そんなケリーを見た冒険者たちが、あぜんとして声を上げた。

「うわぁ⁉」

「うわぁじゃない。ミミズさまだぞ。ミミズは土を軟《やわ》らかくするんだ」

どうやら、ケリーは魔獣のミミズを捕まえてきたようだ。

そのミミズをケリーは樽《たる》の中に入れる。

「この前、テオたちと散歩したときにミミズの魔獣を捕まえたことがあっただろう？」

「……そうだな。そんなことがあったな」


フィオやシロ、ヒッポリアスと散歩していたときのことだ。

ケリーはいつの間にか、魔獣ミミズを捕まえていた。

「あれから、魔獣ミミズの研究をしていたんだ」

「へぇ……いつの間に」

「魔獣ミミズは、旧大陸のミミズより、土に与えるよい影響は数倍、いや数十倍もあるんだ」

「それはすごいな」

とはいえ、俺たちの知っているミミズより体長が十倍ぐらいあるのだから、当然なのかもしれない。

体長が十倍なら、体重は縦、横、高さの三つが十倍になるので、十の三乗で千倍になる。

旧大陸のミミズと全く別の生物と考えた方がいいだろう。

「それに、生命力も強いんだ。だからこいつらを畑に放せば、きっとよいことが起こる」

そう言って、ケリーは目を輝かせている。

だが、俺は、魔獣ミミズがあまりに大きいので、豆の種子を食べないか心配になった。

「あ、こいつらは豆は食べないから安心するといい」

俺の心配を察したのか、ケリーはそんなことを言った。

「じゃあ、午後はヒッポリアスと一緒に土を耕して、それが終わればミミズを放せばいいか。イジェはどう思う？」

「イイとオモウ！　ミミズ、ハタケのミカタ」

新大陸で農業を行っていたイジェたちにもミミズは畑によい影響を与えるという認識があるらしい。

それならば、安心である。

「それでは、決まりですね。まずはお昼ご飯を食べにいきましょう！」

「おお！　昼ご飯を食べに戻るぞ！」

ヴィクトルが先導して拠点へと戻っていき、冒険者たちもその後をついていった。

俺もヒッポリアスを抱っこして、肩にピイを乗せてついていく。

すると、ケリーが近づいてきた。

「テオ。シロはどうした？」

「ん？　今は食堂で子守を頼んでいるぞ」

「……まさかとは思うが、朝の散歩をしていない、ということはないだろうな？」

「あっ」

俺は、とても大事なことを忘れていたようだ。

11 ヒッポリアスの活躍

Hennaryu to moto yuusha party zatsuyougakari shintairiku de nonbiri slowlife

俺《おれ》がシロの散歩を忘れていたとわかって、ケリーはため息をつく。

「クロ、ロロ、ルルは赤ちゃんだから、まだいいが、シロは魔狼《まろう》だ。散歩させないとかわいそうだぞ」

「……そうだな。気をつける」

「シロは賢《かしこ》くて聞き分けがいいから、忙《いそが》しそうなテオを見て、言い出せなかったんだろうが……」

「……うむ。返す言葉もない。お昼ご飯を食べたら、すぐに――」

俺がそう言うと、ケリーは首を振る。

「いや、すぐはやめた方がいい」

「なぜだ？」

「食後にいきなり運動すると、胃に悪い。人もそうだが、犬は特にそうだ。いやシロは魔狼だが、恐らく犬と同様だろう」

「犬は食後に運動したらだめなのか？」

「ああ、胃捻転《いねんてん》を起こす場合がある」

「それはまずいな。気をつけるよ」

ケリーはうんうんと頷《うなず》くと、ぶつぶつと呟《つぶや》きだす。

「とはいえシロは犬ではなく、狼《おおかみ》、それも魔狼の上位種である魔白狼《まはくろう》、いや、魔白狼よりさらに上位種である可能性すらあるぐらいだ。食後の運動ぐらいなんともないかもしれないが……」

ケリーにとって、シロたちの正確な種族というのは、研究対象なのだろう。

新種なのは間違いないが、どのくらい魔狼や魔白狼から離れた種族なのか知りたいに違いない。

「とりあえず、シロの散歩は休ませてからにするよ」

「うん。そうしてくれ」

シロの散歩は時間をおいてからすることにした。


食堂に到着すると、シロと子魔狼《こまろう》たちが出迎えてくれる。

「きゃふきゃふ」と鳴いている子魔狼たちを撫《な》でてから、シロの頭を撫でる。

「シロ、子守をありがとう」

「わふ」

シロはゆったりと尻尾《しっぽ》を振った。


それから俺は、いつものように子魔狼たちのご飯を作る。

その間に、ヴィクトルたち農地を開拓していた冒険者たちは宿舎に戻っていく。

作ったばかりの洗面台を確認するためだ。

そして、すぐに戻ってくると、

「スゴイ！　タスカる！　アリガト」

「便利になりましたよ。助かります」

「うむ。さすがテオだ。ありがとう」

「毎日顔を洗えるぞ！」

イジェもヴィクトルもケリーも、そして他の冒険者たちも喜んでくれたようだ。

そうこうしている間に、子魔狼のご飯が完成したので、子魔狼たちに食べさせる。

それが終わってから俺もみんなと一緒に冒険者たちが作ってくれたご飯を食べた。


ご飯を食べ終え、後片付けを済ませて戻ってくると、子魔狼たちはうとうとしていた。

朝から元気に遊び回っていたので、そろそろ眠くなるのは仕方ないことだ。

「子魔狼たちは、お昼寝の時間だな」

『……あそぶ』「…………」『ねる』

クロは遊ぶと言いながらもう半分眠っていた。

ロロはもうへそを天井《てんじょう》に向けて眠っていた。

ルルは眠そうだが、眠っていない。だがクロたちの様子を見て寝ると言った。

「そうだな。ヒッポリアスの家で留守番させるのも寂《さび》しがるだろうし……」

俺とヒッポリアスは農地開墾《かいこん》に従事しなければならないのだ。

フィオとシロに子守をしてもらうのがよいだろうか。

「あう」

クロが俺の腕にあごを乗せ、そのまま眠る。

「仕方ない。フィオ、ロロを頼む。俺はクロとルルを抱っこしていこう」

「わかた！」

畑予定地に着いたら、毛布《もうふ》にでもくるんで見える場所で眠っていてもらえばいい。

そう考えて、俺はクロとルルを抱っこする。

そして、ロロを抱っこしたフィオと、ヒッポリアスとピイ、シロと畑予定地へと向かう。

ちなみに、イジェは、俺が後片付けをしている間に、ヴィクトルたちと先に畑予定地へと向かった。

なにやら準備しないといけないらしい。


俺たちが到着すると、イジェやヴィクトル、冒険者たちは畑を作る範囲を決めていた。

農具も拠点から運び込まれている。

そしてヴィクトルが丁寧《ていねい》にヒッポリアスにお願いする。

「ヒッポリアスさん。木の伐採《ばっさい》を手伝ってください」

『わかった』

「ヒッポリアスはわかったって」

「ありがとうございます」

大きくなったヒッポリアスは、いつものように木を簡単に倒していく。

岩をも砕《くだ》くヒッポリアスの魔法の角で木を根っこから引っこ抜いていくのだ。

その速さは尋常ではない。


「きゅおー……？　きゅお？」

木を一本倒すたびにヒッポリアスはこちらを見る。

「ちゃんと見てるよ。すごいな、ヒッポリアスは」

「きゅ！」

そして、次の木を倒しにかかる。

ヒッポリアスは俺に見ていてもらいたがるのだ。

褒《ほ》めてほしいというのもあるのかもしれないが、ご飯も食べるところを見ていてほしがる。


「スゴイ！　スグオワリソウ」

「イジェ。木を倒したら次は何をするんだ？」

「スキでタガヤス」

そして運んできた農具の中にある犂《すき》を指さした。

「犂か。牛に曳《ひ》かせて使うやつだな」

「ソウ。ムラにもウシがイタ。デモ、アクマがゼンブ……」

「そうか」

イジェはとても悲しそうだ。

可愛《かわい》がっていた牛も村が全滅したときに、やられてしまったのだろう。

「この犂だと、少しヒッポリアスには小さいかもしれないな」

「ガンバレば……」

「頑張《がんば》れば大丈夫《だいじょうぶ》だろうが、まあ新しく作るよ」

「きゅお？」

そのときまた木を倒したヒッポリアスがこちらを見る。

「ちゃんと見てるぞ。偉いぞヒッポリアス」

「きゅ！」

「だがな、ヒッポリアス。少し道具を作るから、目を離す。すまない」

『わかった。ひっぽりあす、ておどーるがみてなくてもがんばる』

「ありがとう」

そして、俺は、ヒッポリアス用の犂の製作に取りかかった。

12 犂とイジェの村の謎

犂《すき》を作るといっても、お手本が既にある。

イジェの村から持ってきた犂は、非常によくできていた。

部品の接合部や、つなげられている角度なども、とてもよく考えられている。

「イジェの村は、料理だけでなく技術力全般が高かったんだな」

「ソカナ？」

「そうだと思うぞ。金属の質もいい」

「エヘヘ」

イジェは嬉《うれ》しそうに照れている。


「犂に使っている金属は……、村で精錬していたのか？」

犂には鋼《はがね》が使われていた。

それもかなり質の高い鋼だ。

旧大陸で同じ水準の鋼を用意しようと思えば、かなり高額になるだろう。

そして、これほどの高水準の鋼は、旧大陸では農具には使われない。

武具、それも高級な武具にだけ使われるだろう。

「ノウグは、ムラのオジサンがヒトリでツクッテタ」

「そうなのか」

鍛冶師《かじし》もいたようだ。

いや、俺《おれ》と同じような製作スキル持ちがいたのかもしれない。


「ふうむ」

イジェの父の形見にして宝物である短剣は、オリハルコンとミスリルの合金だった。

それに関しては、誰《だれ》がいつ、どうやって作ったのかは、イジェにもわからないらしい。

だが、鋼の精錬技術はあったらしい。

イジェたちには文字がない。

それでも、技術は非常に高度だ。少人数の村にあり得ないほどの技術水準である。

口伝《くでん》で技術を伝えていたのだろうか。

そうだとしても、スキルは天性のものだ。

製作スキル持ちが、それほど都合よく生まれるとは限らない。

少人数の村なら特にそうだ。

「イジェたちって、昔からこの辺《あた》りに住んでいたのか？」

「ワカンナイ」

「そうか」

文字がないならば、自分たちがいつどこから来たのかなども伝わりにくい。

俺たち旧大陸の人間も、村の由来などを知りたいときは文字記録を読むのだ。

「オトナにナッタラオシエテクレルって、トウサンはイッテタ」

「……そうか。変なことを聞いて悪かったな」

「イヤ。キニシナイ。ナンデモキイテ。トウサンもムラのミンナも。タシカにイタノ」

「そうだな」

「ソレをシッテイルのはイジェだけ。ダカラハナシタイ」

「……そうか」

知っているのは、覚えているのは、自分だけ。

だから、話すことで、その記憶を確かなものにしたいのかもしれない。

そんなイジェに、近くで話を黙って聞いていたケリーが近づく。

「イジェ。少しいいか?」

「ナニ?」

「話すのが嫌ではないのなら、後で村のことを聞かせてほしい」

「ウン。ワカッタ。デモ。ナンデ?」

「私は学者だ。専門は生物全般、まあ特に魔獣なんだが、人もまた生物なんだ」

「シッテル」

「そして、人は極《きわ》めて社会的な生物で、社会っていうのは、まあ村の仕組みとか風習とか、そういう、まあなんというか、そういうものも含まれるってことなんだが……」

ケリーはなんとか説明しようと四苦八苦している。

「……ウン？」

だが、案の定イジェには伝わらなかったようだ。

「ああ、まあ、その、なんというか、そういうことも調べるのも、広い意味では仕事のうちってことなんだ」

「ヨク、ワカンナイけど、ワカッタ」

「うん、わからなくてもいい。お礼に私たちの知っている文字というものを教えよう」

「モジって、アノ、イミあるキゴウ？　っポイヤツダヨネ。オシエテモラッテイイノ？」

「いいぞ」

そう言って、ケリーはイジェの頭を撫《な》でながら、俺の近くにいたフィオを見る。

「フィオも文字を知りたかったら教えるぞ？」

「しりたい！」

「じゃあ、一緒に勉強しような」

「わふぅ」

ケリーはうんうんと頷《うなず》いていた。

「ケリー悪いな。ありがとう」

「いや、なに。気にするな。仕事のついでだ。それに私は家庭教師をやっていたこともあるから、教えるのは得意なんだ」

「そうなのか。まあ、その年で賢者の学院の博士号を取るぐらいだからな」

子女の家庭教師として雇いたい金持ちは少なくはないだろう。

「そんなことより、テオは犂を作るんじゃなかったのか？」

「そうだった」

俺は魔法の鞄《マジック・バッグ》から金属を取り出す。

洗面台と異なり、今回は鉄に混ぜるのは微量の炭である。

鉄に適切な割合で炭を混ぜることで鋼になるのだ。

「まあ、鋼は今後使うかもだから、多めに作っておこう」

鋼は武具防具、道具類、沢山《たくさん》の使い道がある。

俺が鋼のインゴットを作っていく様子を、ケリーは興味深そうに見つめていた。

「鋼まで作れるとは。製作スキルは何でもありだな。まさか、鋼の微細な構造とかまで把握しているのかい？」

「そりゃ、多少はな」

優秀な鍛冶師の精錬した鋼を手に入れて、何度も何度も鑑定スキルをかけたものだ。

鑑定スキルをかけた回数は、万を軽く超えている。

だから、微細な構造もなんとなくはわかっているのだ。

「……冒険の合間に、数ヶ月、優秀な鍛冶師のところで下働きしたこともある。目とスキルで技術を盗んだ」

どうやって鋼が精錬されていくのか知っていれば、製作スキルで再現しやすくなる。

実際に家を建てるところを見ておけば、製作スキルで家を建てるのが簡単になる。それと同じだ。

「そういうものか、まるで職人の徒弟だな」

「まさに、そういうものだ。まあ修業期間を大幅に短縮できることが、スキルの便利なところだ」

金属を作れば、後は木材を形作って、金属と組み合わせていく。

それで犂は完成である。

13 たい肥とヒッポリアスの糞

Hennaryu to moto yuusha party zatsuyougakari shintairiku de nonbiri slowlife

犂《すき》を完成させた後、俺《おれ》はヒッポリアスを見守る仕事に戻る。

「きゅ！」

「えらいぞ！」

ヒッポリアスは他の人の数十倍の働きをしている。

だから、ヒッポリアスのモチベーションを上げるのは大事な仕事なのだ。

とはいえ、俺は見守っているだけではない。

ヒッポリアスが木を倒してくれている間に、他の冒険者たちと一緒に草を刈る。

「カッタクサは、コッチにマトメテホシイ」

「了解だ。肥料にするのか？」

「ソウ。コッチにアナをホッテ、クサをイレルノ」

そう言って、イジェはスコップで畑から離れた場所に穴を掘っている。

それをヴィクトルが手伝おうとして、冒険者たちに病《や》み上がりだからやめろと止められていた。

「ヴィクトル。しばらくは安静にしていてくれ」

「……そうですね。わかりました」

ヴィクトルは少し残念そうだ。

働きたいという気持ちと身体《からだ》を動かしたい気持ちの両方があるのだろう。

草を肥料にするのは旧大陸でもしていた。

草に鶏《にわとり》や牛の糞《ふん》を混ぜたりして、発酵させて肥料にするのだ。

「ウシもニワトリもイナイケド……クサだけでもヒリョウにデキル」

「そうか」

すると、穴掘りを手伝っていたケリーが言う。

「ヒッポリアスの糞で代用すればいいんじゃないか？」

「きゅお？」

木を順調に引っこ抜いていたヒッポリアスが、驚いてこっちを見る。

「いやいや、ヒッポリアスは肉や魚も食べるだろう。草しか食べない牛の糞とは違うんじゃないか？」

「まあ、大丈夫《だいじょうぶ》じゃないか？　一般的に竜の糞を発酵させると良質な肥料になるんだ」

「……そうなのか」

「きゅうお～」

最近のヒッポリアスは、散歩のとき以外は、俺たちと一緒にトイレで用を足している。

小さくなってトイレに入れるようになってからは基本的にはそうだ。

「それに、ヒッポリアスの糞には魔物よけ、動物よけの効果もあるからな」

「あー、それはそうだな。ならヒッポリアスの糞を混ぜたたい肥なら魔物や動物よけの効果も見込めそうだ」

ケリーはうんうんと頷《うなず》いている。

自然界において、竜は絶対王者、食物連鎖の頂点だ。

竜の匂いがする場所には、魔物も動物も近づかない。

「魔物よけなら、シロの糞でも効果はあるだろうがな」

「わふ?」

シロが俺の言葉に反応して、こちらを見て首をかしげる。

ちなみにシロはフィオに寝ている子魔狼《こまろう》たちを任《まか》せて、穴掘りに参加していた。

イジェたちを手伝おうとしているのだろう。

それに、穴掘り自体も楽しいに違いない。

「シロ、糞のことは気にしなくていいぞ」

「わふ!」

そしてシロは元気に穴掘りを再開した。

楽しそうに、結構なペースで穴を掘っている。

シロが楽しそうだと俺も嬉《うれ》しい。


ヒッポリアスが木を倒しシロたちが穴を掘っている中、俺は草をどんどん刈っていく。

それなりに広い畑予定地だというのに、木も草もあっという間に伐採《ばっさい》された。

みんなも頑張《がんば》ったが、やはりヒッポリアスの活躍が大きいだろう。

ヒッポリアスがいなければ、数日かかったかもしれない。


冒険者の一人が言う。

「木は後で拠点に運ぼう。ヒッポリアスまた頼むな」

「きゅお！　きゅお！　『まかせて』」

「任せてだそうだ」

「ヒッポリアス、本当にありがとうな」

ヒッポリアスはみんなに褒《ほ》められ撫《な》でられ、嬉しそうにしていた。


俺たちが刈った草も相当な量だ。

小山のようになっている。

イジェたちも一生懸命穴を掘ったが、全部を入れるのはまだ無理だ。

俺も穴を掘るのを手伝おうと思って、スコップを手に取ったが、

「犂で耕《たがや》すのは、休憩してからにしましょうか」

ヴィクトルがそう言って休憩になる。

冒険者たちもそこらに座《すわ》って水筒から水を飲んでいた。

「そうだ。シロ」

「わふ？」

「散歩に行くか？」

「わぅ！」

「疲れてたら、後にしてもいいぞ」

「わうわぅ！」

散歩に行きたいらしい。

あれほどすごい勢いで穴を掘っていたというのに、散歩は特別なようだ。

「じゃあ、散歩に行くか」

「わーう」

「きゅうお！」

「ヒッポリアスも行くのか？　ヒッポリアスは大活躍だったし疲れてないか」

『つかれてない！』

「そうか、無理はするなよ」

「きゅお！」

気になって子魔狼たちを見たら、起きてフィオに楽しそうにじゃれついていた。

「フィオ、ケリー。子魔狼たちのことを頼む」

「わかた！」

「任せておけ」

一応、ヴィクトルと他の冒険者たちにも声をかける。

「シロの散歩に行ってくるよ」

「ああ、そうか。狼《おおかみ》だもんな、散歩は大切だよな」

「気をつけろよ」

「わふ」

シロは冒険者たちに頭を撫でられ、尻尾《しっぽ》を振っている。

「テオさん、お気をつけて」

「ああ、気をつける」

そして、俺はシロとヒッポリアスと一緒に走った。

もちろんピイは肩の上に乗ったままだ。

「シロ、好きなペースで走っていいぞ。ヒッポリアスも好きなペースでな」

「わふ！」

「きゅお！」

シロはいつもよりはゆっくり走る。

ときどき、立ち止まっては用を足していた。

シロがいたるところに用を足してくれるおかげで、魔物が近寄ってこないのだ。

とても助けられている。

一方、ヒッポリアスは、いつものように、自由に走る。

ものすごい勢いでどこかに走っていき、また戻ってくるのだ。

木を何本も倒したというのに、少しも疲れた様子がなかった。

そして、俺たちは三十分ほど走って、散歩を終えて畑に戻った。

14 大きな犂とヒッポリアス

Hennaryu to moto yuusha party zatsuyougakari shintairiku de nonbiri slowlife

畑に戻ると、皆のんびりと作業を再開していた。

そして、フィオとケリーが子魔狼《こまろう》たちと遊んでいる。

「フィオ、ケリーありがとうな」

「わふ！　まかせて」

「子魔狼たちは元気だよ。おやつも食べて、そろそろ眠たくなる頃かもしれないな」

子魔狼たちが楽しそうにじゃれつきに来る。

「きゃふきゃふ！」「……」「わふ！」

「おお、元気だな。少し待っていてくれ。ヒッポリアスたちに水をやらないといけないからな」

『わかった！』「わふ」『まつ』

子魔狼たちは行儀よくお座《すわ》りしながら、尻尾《しっぽ》を振っている。

「みんなえらいぞ」

そして、俺《おれ》はヒッポリアスとシロのために器《うつわ》を出して水を入れていく。

その間に、ヒッポリアスは機嫌よく畑の方に走っていった。

「きゅおきゅお！」

そんなヒッポリアスを冒険者たちが撫《な》でまくっていた。

「おお、ヒッポリアス。散歩から帰ったのか。少し休むといいぞ」

俺はそんなご満悦のヒッポリアスに声をかける。

「ヒッポリアス。水を入れたから飲みなさい」

『うん！　ひっぽりあす、みずのむ！』

ヒッポリアスはこっちに戻ってきて水を飲む。

「シロも飲みなさい」

「わふ！」


ヒッポリアスとシロが美味《おい》しそうに水を飲んでいる間に、俺はおやつの準備もする。

子魔狼たちと違って、ヒッポリアスもシロも肉をそのまま食べられるので、準備は楽だ。

「ヒッポリアス、シロ、おやつも食べなさい」

「きゅお！」「わふぅ！」

ヒッポリアスとシロは、肉を美味しそうに食べていく。

美味しそうに肉を食べるヒッポリアスたちを見ていると心が和《なご》む。

そして、俺はフィオと子魔狼たちの様子を見た。

「クロ、ロロ、ルル。いい子にしてたか？」

『くろいいこ』「ぁぅ」『してた』

「そうかそうか」

俺は子魔狼たちを撫でまくった。


しばらく休憩した後、子魔狼たちのことをフィオに任《まか》せて、俺も作業に復帰する。

ヒッポリアスも早く作業に戻りたいようで、犂《すき》のところでふんふん鼻息を荒くしていた。

『ておどーる。これつけて』

「おお。任せてくれ」

先ほど作ったばかりの犂をヒッポリアスに取り付けていく。

ヒッポリアス用の犂は牛用のものを大きくしたものだ。

牛に曳《ひ》かせる犂は後ろに人がついて操作しなければならない。

「たい肥用の穴を掘るつもりだったが、俺は犂の操作をした方がいいかな」

『ておどーる、やって』

ヒッポリアスも俺にやってほしいようだ。

「わかったよ。後ろは任せてくれ」

「きゅお！」


俺が犂の後ろにつくと、ヒッポリアスは元気に動き出す。

「きゅぅお！」

ヒッポリアスは力一杯曳いていく。

牛の比ではない力強さだ。

「おお、すげー！」

「ヒッポリアスは相変わらず力強いな！」

見ていた冒険者たちから歓声が上がるほどである。

「きゅお！」

そしてますます、機嫌がよくなったヒッポリアスは、どんどん畑を耕《たがや》していった。

冒険者たちもたい肥用の穴をイジェと一緒に掘ったり、畑から石を取り除いたりと忙《いそが》しく作業していた。


太陽が西に移動して、空が赤くなりかけた頃。

ヒッポリアスは結構広めの畑を耕し終えた。

「さすがはヒッポリアスだな！」

『ひっぽりあす、すごい？』

「おお、すごいぞ」

「きゅうお！」

ヒッポリアスは嬉《うれ》しそうに尻尾を振った。

「まさか一日で終わるとはな、ヒッポリアスは本当に凄《すさ》まじいな」

冒険者たちもそう言って、ヒッポリアスを撫でる。

イジェも冒険者たちと一緒に、ヒッポリアスを撫でていた。

「アシタには、タネをウエラレそう」

「そうか。楽しみだな」


俺は改めて畑の周囲を見回す。

「ヒッポリアスの匂《にお》いがしているから、魔物に荒らされる心配は少ないとはいえ……」

畑の周囲を柵で囲った方がいいだろう。

「明日はヒッポリアスが伐採《ばっさい》してくれた木材を使って、畑を囲う柵を作るか」

「きゅお！」

そして、俺たちはみんなで拠点へと戻る。

みんな農作業で疲れているが、とても楽しそうだ。


帰る途中、俺はイジェに尋ねる。

「イジェ。たい肥の穴の方はどうなったんだ？」

「ミンナがテツダッテクレタからデキタ。シロもテツダッテクレタ」

イジェは近くを歩くシロの頭を撫でる。

「シロもお疲れさまだ」

「わふぅ！」

シロは充実した表情をしている。

穴掘りで貢献できたことが誇らしいのだろう。

「穴掘りしたせいで、大分汚れちゃったな」

「わふ？」

シロの綺麗《きれい》な白い毛皮が泥まみれである。

「シロ。今日は一緒に風呂《ふろ》に入るか」

「わふ！」

シロも風呂に入りたいようだ。尻尾の揺れが大きくなる。

『ひっぽりあすも！』

「ヒッポリアスも一緒に入ろうな」

「きゅうぉ！」

小さくなれば、ヒッポリアスも一緒にお風呂に入れるのだ。

俺たちが拠点に戻ると既に料理が用意されていた。

皆でご飯を食べ、後片付けを済ませると風呂場へと向かったのだった。

15 農作業の後のお風呂

Hennaryu to moto yuusha party zatsuyougakari shintairiku de nonbiri slowlife

俺《おれ》はヒッポリアスとシロとピイ、そしてヴィクトルたち男性冒険者と一緒に浴場へ向かう。

子魔狼《こまろう》たちはフィオとイジェと一緒にお留守番だ。


浴場に入ると、シロとヒッポリアスは期待のこもった目でこっちを見る。

ちなみにピイは俺の頭の上に乗って、もう汚れを取り始めてくれていた。

「シロの方が汚れているから、まずはシロから洗ってやろう」

「わふ！」

「ヒッポリアス。少し待っていてくれ」

『わかった！』

俺はシロを丁寧《ていねい》に洗っていく。

「泥がすごいな」

「わふ」

「シロ、目をつぶって、顔の泥を取るからな」

「あう」

シロの体の隅々《すみずみ》まで洗っていった。

爪《つめ》に入り込んだ泥も忘れてはいけない。


「よし、綺麗《きれい》になったな。次はヒッポリアスだ」

「きゅうお！」

俺はヒッポリアスを抱きかかえて、念入りに洗う。

ヒッポリアスも汚れてはいる。

だが、毛がないので、汚れを落とすのは簡単だ。

「よし、綺麗になったな」

「………………」

ヒッポリアスはじっとこっちを見ている。

「どうした？」

『もっと』

「もっと洗ってほしいのか？」

『そう』

シロより洗う時間が短かったのが、ご不満らしい。

「綺麗なんだが、もう一回洗うか」

「きゅお」

もう一度、ヒッポリアスを丁寧に洗う。

「よし、綺麗になったから湯船に入っていなさい」

『ておどーる、いっしょにはいろ！』「わふ！」

「俺も湯船に入る前に身体《からだ》を洗うんだ。ヒッポリアスもシロも先に入っててていいんだぞ」

『まってる』「わふわふ！」

「そうか、じゃあ、少し待っていてくれ」


俺も身体を洗う。

だが、自分を洗う頃には、ピイのおかげで汚れはほぼ綺麗になっていた。

「ピイ、いつもありがとうな」

「ぴぃぴぃ！」

おかげで軽く洗うだけでいい感じになっていく。


身体を洗った後、ヒッポリアスたちと一緒に湯船へと入る。

湯船には既に冒険者たちが入っていた。

ヴィクトルも入っている。

「ヴィクトル大丈夫《だいじょうぶ》か？」

「おかげさまで。久しぶりのお風呂は気持ちがいいですよ」

ヴィクトルは食中毒でしばらく床《とこ》に伏せっていた。

だから風呂に入るのが久しぶりなのだ。

「病《や》み上がりなんだから、長湯してのぼせないようにな」

「はい。気をつけますよ」


俺は湯船の中で手足を伸ばす。

「ふぅ～。やっぱり動いた後の風呂は気持ちがいいな」

農作業で疲れた身体が回復していく感じがする。

きっと気のせいだが、気持ちがいいのは間違いない。

そんな俺の周りをいつものようにピイが楽しそうに泳いでいた。

今も俺の周りの水を飲んで浄化しているのだろう。

ピイは本当に自由に振る舞っている。

寝たいときに眠って、食べたいときに俺の周りの汚れを食べてくれる。

だが、ピイの自由な振る舞いは、ものすごく役立ってくれているのだ。


「きゅぅぅお～」

「わふぅ～」

俺の近くをヒッポリアスがぷかぷか浮いている。

シロも気持ちよさそうだ。

「ヒッポリアスもシロも、お風呂が好きなんだな」

『あったかくてきもちいい』「……わふ」

「そうか。さすがは竜と魔狼だな」

ヒッポリアスは口から炎を吐くことができる。

シロは炎をまだ吐けないが、群れの成狼《せいろう》たちは炎を吐くことができたらしい。

炎を吐けるぐらいなら、熱にも強いはずだ。

温泉の熱が体に悪いということはないだろう。


お風呂でゆっくりした後、ヒッポリアスとシロとピイと一緒に上がる。

ピイは別に体を拭《ふ》かなくていいのですごく楽だ。

だが、ヒッポリアスとシロはちゃんと体を乾かしてやらなければならない。

「シロはモフモフだから乾かすのが大変だな」

「わふ！」

俺がそう言うと、シロは体をブルブルさせる。

水分を飛ばしているのだろう。

それを真似《まね》してヒッポリアスもブルブルしていた。

俺は自分の身体をさっと拭く。

その間に、ヒッポリアスとシロは、俺の荷物からタオルを口で引っ張り出して床に落とす。

そして、その上に寝っ転がって、ゴロゴロしながら自分で体を拭いていた。

「器用だな」

「きゅきゅきゅ！」『わふぅ」


自分の身体を拭き終わったので、俺はヒッポリアスとシロの体を拭いていく。

「きゅおぉ～」

「ヒッポリアスは毛がないから拭くのが楽だな」

「わふ」

「シロはしっかり拭かないとな」

右手でヒッポリアスを、左手でシロを拭いていく。

すると、ピイがぴょんとシロの背の上に飛び降りる。

そして、毛を濡《ぬ》らしている水分をどんどん吸い上げていった。

洗濯担当スライムたちは、洗濯した後、乾燥までしてくれていた。

その能力をピイも使ってくれたようだ。

「おお、ピイありがとうな」

「ぴぃ！」

「わふう！」

シロもありがとうと言っていた。
身体をちゃんと乾かした後、俺たちはヒッポリアスの家に戻る。
そして、風呂に行くフィオとイジェを見送って、俺は毛布《もうふ》の上でゴロゴロした。
シロとヒッポリアス、子魔狼たちも毛布の上で楽しそうに遊ぶ。
しばらく遊ぶと、急にこてんと子魔狼たちが眠り始めた。
ヒッポリアスも仰向《あおむ》けの体勢で眠り始める。
「いっぱい眠りなさい」
子魔狼たちは赤ちゃんなので、沢山《たくさん》の睡眠が必要なのだ。
そんな子魔狼たちを俺は撫《な》でる。
シロも子魔狼とヒッポリアスを舐《な》めている。
「シロも子供なんだから、沢山眠りなさい」
「あう」
俺はシロを撫でまくる。
胸からお腹《なか》、頭までもふもふもふもふ、撫でまくった。
そんなことをしていると、シロも眠そうにし始めた。
そして、ピイが俺の肩や腰、頭を揉《も》んでくれる。
とても気持ちがいい。

「……ピイ、……ありがとう。気持ちがいいよ」

「ぴっぴぃ」

農作業や製作スキルで疲れていたので、とても心地がよい。

ピイは筋肉の凝《こ》りだけでなく、魔力の凝りまでほぐしてくれるのだ。

「……王都の一流マッサージ師より……気持ちいいかもしれない」

「ぴぃ」

そして、シロを撫でながら、ピイにマッサージしてもらっていると、俺も眠くなってくる。

イジェたちを待っているつもりだったのに、いつの間にか俺は眠りに落ちていた。

16 荒らされた畑

俺《おれ》はいつものように顔をベロベロ舐《な》められて目を覚《さ》ます。

目を開けても視界が暗《くら》い。

「……朝か」

『あそぼ』『わふ』『ごはん』

クロは完全に俺の目を覆《おお》うように乗っている。

柔らかいお腹《なか》が鼻に当たっていた。

そして、俺の頬《ほお》が濡《ぬ》れる。

「……クロ……ちびったのか？」

「わふわふわふ！」

クロは尻尾《しっぽ》を振っているらしく、俺の顔の上でもぞもぞ動いている。

本当に仕方のないクロである。

ロロは胸の上に乗って、ペロペロと俺の口辺《あた》りを舐めていた。

そして、ルルは頭の上の方にいて、俺の髪をはむはむしているようだ。

「まあ、落ち着きなさい」

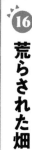

俺はクロをどかして、身体《からだ》を起こす。

子魔狼《こまろう》たちをひとまとめに並べて、頭を撫《な》でる。

「……ヒッポリアスは？」

「ゆうぉ……」

ヒッポリアスは少し離れたところで、お腹を上にして眠っていた。

そんなヒッポリアスをフィオが撫でている。

そして、シロとピイは互いにじゃれ合って遊んでいた。


それからヒッポリアスを起こして、顔を洗うと一緒に朝ご飯を食べにいく。

イジェが中心になって、みんなの朝ご飯を作っていた。

そして俺は子魔狼たちのご飯を用意する。

みんなで和《なご》やかにご飯を食べて、後片付けを済ませると、昨日に続いての農作業だ。


拠点を出る前に、俺はイジェに確認する。

「イジェ。種はこれでいいのか？」

「ウン。ソレでダイジョウブ。アリガト」

これから植えるのは豆。

豆の種子は、豆そのものである。

その植えるための豆は、イジェの村から俺の魔法の鞄《マジック・バッグ》に入れて持ってきているのだ。

準備を終えると、みんなで農具を持って、昨日ヒッポリアスが耕《たがや》した畑へと向かう。

ヒッポリアスも大きくなって、ご機嫌に歩いていく。

子魔狼たちは俺とフィオが抱っこして連れていった。

「イジェ。今日はもう種植えをするのか？」

「ソウ。キノウ、ハタケをチャントツクレタから」

そう言って、イジェは「ヒッポリアスのオカゲ」と言って大きなヒッポリアスを撫でる。

「きゅおきゅお！」

ヒッポリアスはご機嫌だ。


畑に到着すると、ヴィクトルと冒険者たち、そしてケリーが、既にいた。

なぜかヴィクトルたちは畑を見て、険《けわ》しい顔をしている。

「どうした、ヴィクトル。何かあったのか？」

「あ、テオさん、イジェさん。見てください」

「む？」

「アッ……」

昨日綺麗《きれい》に耕した畑は、荒らされていた。

畑は穴が掘られて、ボコボコになっている。

「あなだらけ！　ぼこぼこ！」

「わふ！」

フィオとシロも驚いている。

「ケリー。これって何だと思う？　動物か？　魔獣か？」

「………うーん。ちょっと待ってくれ」

ケリーが真剣な表情で考えながら穴を調べている。

新大陸だと新種の可能性も考慮しなければならないので、即断が難《むずか》しいのだろう。

「イジェはわかるか？」

「……ウーン。……タブン、イノシシ？」

「猪《いのしし》か」

「ウン。イノシシ。デモ、スゴクオオキイ、イノシシかも」

猪はヒッポリアスが結構狩ってきてくれている。

俺たちがいつも食べている肉は猪肉が多いのだ。

「ヒッポリアスとシロの匂《にお》いがするはずなのにな」

「ウン。フシギ」

ヒッポリアスとシロの匂いは他の魔獣や獣にとっては恐怖を覚えさせるものだ。

近寄ってこないのが普通である。

「イジェさんは、どのくらい大きな猪だと思われますか?」

そう尋ねたのはヴィクトルだ。

「ココをミテ」

「はい。これは、足跡ですか?」

「ウン。ヒヅメのアト」

イジェの示した場所には、二つ細長い蹄《ひづめ》の跡が残されていた。

「フクテイもアルシ、タブンイノシシ」

鹿《しか》も二つの細長い蹄の足跡が残る。

だが、猪は鹿と違い細長い蹄の後ろに副蹄《ふくてい》の跡が残るのだ。

「イジェ。だがこの蹄の跡って、〇・五メトルぐらいあるぞ?」

「キット、スゴク、オオキイイノシシだとオモウ」

普通の猪の蹄跡は〇・〇五から〇・一メトルちょっとぐらいだ。

それを考えると、とても大きい。

ヒッポリアスが獲《と》ってきてくれた猪は体長三メトル程度。

恐らく、この蹄だと体長十メトル、十五、いや二十メトルぐらいありそうだ。

ここまで大きいとなると、ただの猪ではなく魔獣の猪、魔猪《まちょ》だろう。

「イジェさん。十五メトルを超えるような大きな猪は、この辺りには沢山《たくさん》いるのですか?」

「イジェはソンナにオオキイのはコノアタリではキイタコトもミタコトもナイ」

「なるほど。イジェさんも知らないということは、遠くから流れてきた巨大猪なのかもしれませんね」

ヴィクトルは真剣な表情だ。

魔獣の猪を狩るとなったら、人間側で中心となるのはヴィクトルだ。

だから、どうやって戦うかということも考えているのだろう。

「デモ、オオキなイノシシなら、タマにカシコくて、オンコウなヤツがいる。ソノイノシシならハナシアイがデキルとオモウ」

「ふむ?」

「カシコイから。ヤメテとイッタラヤメテクレルかも?」

「俺たちの知っている猪とは違うな」

ヒッポリアスが狩ってきた猪は、旧大陸の猪と知能レベルに違いがあるようには思えなかった。

「オオキナやつダケ、カシコい。コノアシアトはオオキイから、モシカシタラ……」

イジェの言うとおりなら、特別な大きな猪とは話し合いができる可能性もある。

だが、その特別な猪だと期待するのは早計だ。

とりあえず、普通の猪として対策を考えて、実際に出会ってから考えよう。

そうすることにした。

「ここまで大きいとなると、昨日作るつもりだった木の柵程度じゃ意味がなさそうだな」

「確かに」

木の柵では普通の鹿や猪しか防《ふせ》げない。

「種を植える前でよかったとは思いますが……」

「そうだな。今日植えても、また暴《あば》れられたら台無しだな」

巨大猪をどうにかするまで、種植えはできない。

「……それにしても、猪は穴を掘って何をしたかったんだ？」

俺が疑問を口にすると、ヴィクトルも考え込む。

「うーん。お腹が減っているというわけでもなさそうですし」

「まだ何も植えてないしな」

種である豆を植えた後なら、豆好きな猪が暴れたという可能性はある。

だが、今はまだ何も植えていない。

「それにこの辺りは食料も豊富だし、お腹いっぱい食べられるはずだ」

「きゅお」

ヒッポリアスも俺の意見に同意してくれる。

先日、ヒッポリアスと一緒に山菜を集めなどをしたが、食べられる食物は多かった。

「イノシシはドロがスキ。ヌタウツ」

「ああ、ここでぬたうちしたのか」

「タブン」

猪は泥あびをする。それをぬたうちというのだ。

そして、ぬたうちする場所をぬた場という。

「タガヤサレタハタケがチョウドヨカッタノカモ」

「……畑をぬた場にされたらたまらないよな」

俺たちが今後について相談していると、

「…………これは猪の足跡じゃないぞ」

ケリーが真剣な様子でそう言った。

17 畑を荒らしたものの正体

ケリーはこちらを見ず、しゃがんで足跡を調べ続けている。

「ケリー。それは、ただの猪《いのしし》ではなく魔猪《まちょ》ってことか？」

「いや、魔猪でもない」

「じゃあ、何だと思うんだ？」

「確証はない。ないが……」

ケリーは掘られた穴に手を伸ばす。

「ほら。これを見てくれ。これはどう見ても猪の体毛ではないだろう？」

「私には見ただけではわかりませんが、テオさんならわかるのでは？」

「確かに、鑑定スキルで毛皮の種類や品質を調べることはできるからな」

生きている生物の、生《は》えている毛に鑑定スキルを使うことはできない。

だが、殺されて剝《は》がれた毛皮には鑑定スキルを使うことはできる。

同様に、抜けたり切り取られて、しばらく経《た》った毛にも鑑定スキルを使うことができるのだ。

そんなことを説明すると、ケリーが首をかしげる。

「鑑定スキルは、なにをもって生物と非生物を分類しているんだ？」

「俺《おれ》にもわからん。言ってしまえば神がどう判断するか、だからな」

「神が？」

「そう。例えば、魔熊《まくま》モドキは俺には生きているように見えたが、鑑定スキルをかけることができたからな」


フィオとシロたちの群れを壊滅させ、イジェの村を滅ぼした魔熊モドキ。

そいつのことを、フィオたちは魔熊と呼び、イジェは悪魔と呼んでいた。


「神がどういう基準で判断しているのかは、俺にはわからない」

「魔物だから鑑定スキルをかけることができたとかなんじゃ？」

冒険者の一人がそんなことを言う。

鑑定スキルの詳細は、冒険者でも知らない者が多いのだ。

だから、俺は丁寧《ていねい》に説明する。

「生きている魔物の力を判別できるのは、鑑定とはまた別のスキルだ。俺の鑑定スキルは生きている魔物にはかけられないんだ」

ヒッポリアスやシロ、子魔狼《こまろう》たちにも鑑定スキルはかけられない。

「へー、そうなのか」

「まあ、そうなんだよ」

そんなことを話しながら、俺はケリーからその体毛を受け取った。

「金色だな。色は猪っぽくはない」

「ああ、そうなんだ。私は一つ心当たりがあるが、先入観を与えないように言わないでおこう」

「わかった。先入観は鑑定スキルにはあまり影響しないが……」


俺は鑑定スキルを発動させる。

体毛の情報が頭の中に入ってくる。

「……何だこれは？」

「鑑定スキルでもわからないか？」

「わからん。魔獣ということはわかる。だが、俺の知らない種族だな」

体毛に鑑定スキルをかけただけでわかるのは、その体毛の性質だけ。

その性質から、何の生物か判断するのである。

だから、その生物のことを知らなければ、体毛を鑑定してもわからない。

「そうか。似ているものはないか？」

「……あえていえばヤギに近いかな？　だが、俺の知っているヤギとは違うがな」

とはいえ、新大陸のヤギの体毛はこういうものである可能性はある。

新大陸の生物は、旧大陸の生物とは性質が違う場合もあるからだ。

「ほう。さすがテオだな。それがわかるとは」

「え？　ほんとにヤギなのか？」

「ヤギではない。だが、間違いともいえない。と、私は思う」

「………まさか」

「気付いたか？」

ケリーはにやりと笑う。本当に楽しそうだ。

「ケリーさん。つまりどういうことでしょう？」

「ああ、すまない。もったいぶってしまったな。この毛の正体はキマイラだろう」

「それは、また……」

ヴィクトルが顔をしかめる。

冒険者たちも深刻な表情で息をのんだ。

「キマイラだって？」

「……まじかよ」

「でも、ヒッポリアスの匂《にお》いがしているのに、お構いなしで近寄ってくるってのもキマイラなら納得だ」

「……それは、確かにそうだが」

冒険者たちが、深刻になる理由もわかるというもの。

キマイラとは、獅子《しし》の頭にヤギの胴体、毒蛇《どくじゃ》の尻尾《しっぽ》を持つ強力な魔物だ。

生命力と身体能力が強力なだけでなく、魔力も高い。

多様な魔法を使い、口からは火炎を吐く。

竜種にも匹敵《ひってき》する強大な魔物だ。

そして、一般的に竜種より凶暴で好戦的だ。


俺が考えながら、キマイラのものらしき毛を持っていると、ヒッポリアスとシロがやってきた。

「きゅお！」「わふ！」

「どうした、ヒッポリアス、シロ。キマイラの毛の匂いを嗅《か》ぎたいのか？」

『かぐ！』「わふわふ！」

「ほら」

俺は手に持ったまま、ヒッポリアスの鼻の前に毛を持っていく。

シロも一緒に匂いを嗅ぐ。

フィオまでやってきて、一緒に匂いを嗅いでいる。

ヒッポリアスとシロは鼻がいいから、いろいろわかるだろうが、フィオは人間。

嗅いでも何もわからないだろう。

だが、シロたちと一緒に育ったから、とにかく嗅いでみるのが習慣になっているに違いない。

「何かわかったか？」

『ひっぽりあすのほうがつよい！』

「そうか。ヒッポリアスはすごいな」

「わふぅ！」

シロはこれはヤギの毛だと思うと言っている。

「そうか、俺もヤギの毛に似ていると思うよ」

俺がそう言うと、シロは嬉《うれ》しそうに尻尾を振った。

「ふぃおも！　にてるとおもう！」

「そうか。フィオも鼻がいいんだな」

「うん！」

強いヒッポリアスだけでなく、フィオもシロもキマイラに怯《おび》えてはいないようだった。

18 キマイラ

一方、冒険者たちは、フィオたちとは異なり、深刻そうな表情で話し合っている。

そんな冒険者たちに向けて、ケリーが言った。

「まだ断定はできない段階ではある。学者としては、これだけではわからないと言うべきなのだが……」

「いえ、助かりますよ。我らに必要なのは対策するための予測ですから」

そう、ヴィクトルは笑顔で返事をした。

さすがに熟練の冒険者だけあって、ヴィクトルは余裕があるようだ。


学術的に確定情報を出すとなると大変だ。時間もかかる。

それこそ何日もかけて追加調査して、何十日もかけて精査しなければならない。

この開拓地ではそれでは遅いのだ。

未確定の段階から、予測を述べてくれると、俺《おれ》たちはすごく助かる。


俺はイジェに尋ねる。

「イジェ。その特別な大きな猪《いのしし》ってキマイラなのか？」

「キマイラ、ミタコトナイ。ドンナの？」

「こちらの大陸のキマイラがどういうものなのかは知らないんだが……」

「テオサンたちのタイリクのキマイラは？」

「頭が獅子《しし》で、胴体はヤギ、尻尾《しっぽ》は毒蛇《どくじゃ》の大きな魔物だ」

「……コワイ」

「そうだよな、怖いよな」

「ウン。ソンナコワイのミタコトもナイ」

「そうか」


イジェのいう大きな特別な猪とは、全く別物と考えた方がいいだろう。

確かに副蹄《ふくてい》のある二つの蹄《ひづめ》というのが、猪っぽいが、それはヤギも同じ。

そして、キマイラの胴体はヤギなのだ。

凶暴なキマイラへの対策を考えなければなるまい。

そうなると、対策の中心はヴィクトルになる。

俺はヴィクトルに尋ねた。

「キマイラか……どうする？　ヴィクトル」

「正面からは戦いたくはない相手ですよね」

「確かにな」

『ひっぽりあす、がんばる！』

「ありがとうな、ヒッポリアス。頼りにしているよ」

「きゅお！」

この拠点の最高戦力はヒッポリアスだ。

ヒッポリアスを軸《じく》に、キマイラ対策を考えるべきだろう。

「新大陸のキマイラが、俺たちの知っているキマイラとどのくらい違うのかわからないから対策を立てにくいな」

「ヴィクトルさんとテオさんは、キマイラと戦ったことはあるのかい？」

「私はありますよ。ソロで戦ったことはありませんが」

「俺もある。とはいえ俺は荷物持ちだからな。直接戦ったというわけじゃない」

俺は元勇者パーティーの荷物持ち。

戦闘外のサポートと雑用がメインの仕事だった。

「テオさん、キマイラをテイムすることってできないのかい」

冒険者の一人に尋ねられた。

「うーん。キマイラは難《むずか》しいだろうな」

「そういうものなのか。テオさんでも難しいのかい？」

「そうだな。簡単に説明すると、テイムスキルには三つの段階があるんだ」

第一段階「意思の疎通」
第二段階「対等な協力関係」
最終段階「従魔化」の三つである。

「ちなみにヒッポリアスにクロ、ロロ、ルル、ピイは最終段階の従魔化だ」

「しろはふぃおのじゅうま！」

フィオがシロの頭を撫《な》でて胸を張る。

シロも誇らしげに行儀よくお座《すわ》りして、尻尾を振っていた。

「そうだな。魔狼《まろう》を従魔にするのはとても難しいんだが、フィオは天才だからな」

「えへへ」


それを聞いていた他の冒険者が首をかしげる。

「ヒッポリアスって、すごく強いだろう？」

「きゅお？」

自分のことを会話に出されて、ヒッポリアスは反応する。

冒険者のことを見ながら、尻尾をゆっくり揺らしていた。

「ものすごく強いヒッポリアスをテイムできているのにキマイラは難しいのか？」

「……もしかして、ヒッポリアスより――」

「きゅううお！『ひっぽりあすのほうがつよい！』」

心外だとばかりにヒッポリアスがアピールしている。

「そうだな。ヒッポリアスの方が強いと俺も思うよ」

「きゅぅお」

ヒッポリアスは満足げに鳴きながら、俺に体をこすりつける。

俺はそんなヒッポリアスの頭を撫でた。


「それに関してはテイムのしやすさについて説明する必要があるんだが」

冒険者たちとケリーは真面目《まじめ》な顔で俺の話を聞いている。

イジェも興味があるようで、黙って聞いていた。

「みんな知っているとおり、強い奴《やつ》の方が基本的に難しい。テイムの際に持っていかれる魔力も基本的に強さに比例する」

「ふんふん」

フィオが俺の目の前に来て真剣な表情で話を聞き始める。

天性のテイマーとして、テイムの話は興味があるのかもしれない。

こんどテイムの詳《くわ》しい話をしてやりたいものだ。

「こっちの方が強いと思わせられれば、魔物も話を聞いてみるかという気になりやすいからな」

魔物はこちらと相対したとき、本能的に判断する。

こいつらになら簡単に勝てると思われたら交渉する価値なしと思われる可能性が高い。

だが、戦ったら苦戦しそうだとか、もしかしたら死ぬかもと思わせられたら、交渉に乗ってくれやすい。

死ぬ可能性が高いとか、絶対に勝てないと思わせられたら、話し合いはスムーズに進むことが多いのだ。


「とはいえ、テイムのしやすさには強さ以外にも性格がとても大事なんだ」

「……性格か。負けず嫌いかどうかとか？」

「いや、それよりも知能の高さや好戦性、人に対する敵意の強さなどが重要な要素だな」

ケリーがうんうんと頷《うなず》いた。

「そういえば、ミミズの魔物は弱いのにテイムが難しいのだったな」

「そのとおり。ミミズは知能が低いから、第一段階目の意思の疎通がそもそも無理だ」

こちらの話している言葉の意味を理解できる知能が最低限なければ、話し合いにも入れない。

それでも、ミミズは弱いので、強制力を働かせることは可能ではある。

だが、魔力を使うので、あまりやりたくはない。

「キマイラは知能が高いから意思の疎通はできるだろう。だが性格が好戦的すぎるんだ」

意思の疎通ができても、わかり合えるとは限らない。

それは、互いに言葉の通じる人族同士でも、わかり合えるとは限らないのと同じである。

「以前、キマイラにテイムの第一段階を試みたときは『うるさい死ね』としか返事はしてこなかった」

「交換条件を出してもか？　キマイラの好物とかなら知っているが……」

ケリーは博識なので、すごく頼りになる。

魔物の好物を知っていれば、交渉を有利に進められることは多い。

「普通の魔物なら、好物を提示したら、交渉できたりするんだが……キマイラはなぁ」

「だめか」

「ああ、性格が凶暴、好戦的すぎるだけでなく、人に対する敵意が強すぎるんだ」

「それはその個体が人間に親を殺されたとかじゃなくてか？」

「今まで十頭ぐらいにテイムを試みたが、みんな『うるさい、死ね』的な返事だったな」

「そうか。だめか」

大人しく聞いていたヴィクトルが、

「キマイラとは戦闘を前提に考えた方がよさそうですね」

と言うと冒険者たちは頷いた。

19 キマイラ対策会議

キマイラと戦うということを決めた後、俺《おれ》たちは一度拠点へと戻った。

種植えをしても、また畑で暴《あば》れられたら台無しだからだ。

帰り道、イジェが寂《さび》しそうに言う。

「タネウエ。シタカッタな」

「そうだな。俺も残念だよ。イジェ。いつ頃までに植えれば、収穫できると思う？」

「……ン〜。トオカイナイ、カナ」

「十日以内か。あまり猶予はないな」

「ウン。イッカゲツゴでも、マニアウカモダケド……」

「冬が早く来るときもあるしな」

「ソウ。テンコウにヨッテは、ソダチもオソクナルし」

農業熟練者が季節を見極《みきわ》めて種植えしても、天候次第では作物が全滅することもある。

それが農業だ。

自然が相手なので確実なことは何もない。

だからこそ、万全の準備を整えなければならないのだ。

拠点に戻った後、ヴィクトルと冒険者たち、そしてケリーがキマイラ対策の会議を始めた。

実際に戦ったことのあるヴィクトルが、キマイラとの戦い方について話していく。

それを皆が緊張した様子で聞いていた。


ヴィクトルは話し終わると、ケリーに尋ねる。

「ケリーさん。私たちの知っているキマイラと、この辺《あた》りのキマイラに違いなどはありますか?」

「断言はできない。だから、あまり先入観を持たないでほしいんだが……」

「わかっています。それでも、少しでも予測と対策ができればと思いまして」

「そういうことなら、まあ」

そして、ケリーは少し考えて語り出す。

「残された痕跡《こんせき》は、足跡と体毛。それにぬたうってできたらしい穴だけだ」

「そうですね。そこからわかることってありますか?」

「まず足跡から推測できる大きさだが、恐らく体長は十メトルから十五、いやもしかしたら二十メトルあるかもしれない」

「なんと」

ヴィクトルは険《けわ》しい顔になる。

一般的なキマイラは三から四メトル。今回のはそれよりもずっと大きいのだ。

基本的に魔獣に限らず、獣は大きい方が強い。

「だがなぁ。足跡は大きいんだが……、軟《やわ》らかい畑についたにしては、へこみが少ない」

「……つまり体重が軽いと？」

「もちろん断言はできないがな。ぬたうった跡から考えても、恐らくは体長に比して体重は軽そうだ」

「ケリーさん。体長が大きく体重が軽いというのは、どのような場合が考えられますか？」

「最初に思いつくのは、飛べるとかだな」

「飛ぶ可能性まであるのですか？」

「あくまで可能性だ」


旧大陸のキマイラには羽はなかった。

ヤギの胴体に獅子《しし》の頭。それに毒蛇《どくじゃ》の尻尾《しっぽ》。

それが旧大陸の一般的なキマイラだ。

だが、旧大陸と新大陸でキマイラの形態が違う可能性も充分ある。

羽が生《は》えていてもおかしくはない。

「飛べるとなると……厄介《やっかい》ですね」

考え込むヴィクトルにケリーは冷静に言う。

「続きいいかな？」

「あ、失礼。お願いします」

「体毛はヤギのそれに近い。足跡の形状もだ。だがヤギとは違う。キマイラとヤギの体毛の見分け方は毛先が……」


ケリーは俺もヴィクトルも知らない見分け方を教えてくれる。

さすがは学者、知識が深い。

冒険者たちも真剣に聞いていた。


「で、だ。ここからが本題なのだが、確かに体毛にはヤギではなくキマイラの特徴があった。だが、獅子の体毛がない」

「ふむ？　たまたま落ちなかったとか？」

「もちろん、その可能性もある。私が見つけられなかった可能性もな。だが獅子のたてがみは長い。見つけやすいはずだ。可能性は低いと思う」

「では、どのような可能性が高いとケリーさんは考えられているのですか？」

「頭が獅子ではない可能性もある」

「……獅子でなかったとしても、その体毛が落ちているのでは？」

「獅子はたてがみの体毛が長い。だから見つけやすいのだが……例えば虎《とら》なら、見つけにくいかもしれない」

「……ふむ」

「加えて、毒蛇の尻尾を持っていない可能性もある。畑から毒が検出されなかったからな」

もし、キマイラに毒をまかれていたら、畑が台無しになるところだった。

それは不幸中の幸いだ。


話を聞いていた一人の冒険者が尋ねる。

「あの、ケリーさん」

「どうした？　何でも聞いてくれ。答えられるかはわからないがな」

「頭が獅子ではなく、尻尾も毒蛇じゃないなら、もはやキマイラではないのでは？」

「当然、その可能性もある。体毛と足跡にはキマイラの特徴が色濃く表れているというだけだからな」

「キマイラではない新種である可能性もあるし、キマイラの姿自体がこちらでは大きく違う可能性もある、ということですね？」

ヴィクトルがそう尋ねると、ケリーは深く頷《うなず》いた。

「テオさんはどう思われます？」

「毒赤苺《ポイズンレッドベリー》の件もあったしな。こちらのキマイラが別物である可能性は頭に置いておくべきだろうな」

「それは、そうですね」

「こっちのキマイラがどういう生き物なのか、知らなければ対策も立てにくいし」

「はい。とても厄介なのは間違いないです」

「ということで、少し偵察に行ってくる」

俺がそう言うと、ヴィクトルは渋い顔をした。

20

キマイラの様子を探りにいこう

Hennaryu to moto yuusha party zatsuyougakari shintairiku de nonbiri slowlife

「偵察ですか？　危ないですよ」

「ヒッポリアスと一緒に行くから大丈夫《だいじょうぶ》だろう。ヒッポリアス、いいか？」

『まかせて！』

そう言ってヒッポリアスは嬉《うれ》しそうに俺《おれ》にその大きな体を押しつける。

俺はヒッポリアスを撫《な》でた。

「ありがとうな。ヒッポリアス」

「ふうむ。確かに相手の情報は欲しいところだな。よし、私も行こう」

「いや、ケリーは来ないでくれ」

「なぜ！」

「なぜって、ケリーには戦闘経験がないだろう？　戦闘になったらどうしてもな」

「むぐぐ」

俺は足手まといになると、はっきりとは言わなかった。

だが、ケリーもそれはわかったようで、それ以上ついていくとは言わなかった。

その後、俺たちは皆で昼ご飯を食べた。

イジェの料理はいつものように美味《おい》しかった。

食事中、俺は尋ねる。

「ところで、ヴィクトル。大丈夫なのか？」

「大丈夫とは？」

「体調だよ。ついこの前まで床《とこ》に伏せっていたわけだし」

「まだ、完全復調とはいきませんね」

ヴィクトルは虚勢を張らずに教えてくれる。

気合いで虚勢を張って、俺はいつものように戦えると言い切るのは危険である。

やれるといってできなかったとき、パーティーごと全滅しかねない。

熟練の冒険者であるヴィクトルは、それをよくわかっているのだ。

「でもまあ、戦えますよ」

「何割程度、力を出せる？」

「五分なら十割近い力を出せると思いますよ。ですが、それ以上は残念ながら厳《きび》しいですね」

「体力がまだ戻ってないか」

ヴィクトルは食中毒から回復したばかり。

五分でも全力で戦えるのならば、充分だろう。

「はい、そのとおりです。ご迷惑をおかけします」

「いや、最初からわかっていれば迷惑にはならないさ」

味方の戦力がわかっていれば、それを軸《じく》に作戦を立てるだけだ。

そして、勝てなさそうなら撤退すればいい。


食事が終わった後、俺は子魔狼《こまろう》たちをフィオたちに託《たく》した。

「フィオ、シロ。子魔狼たちのことを頼む」

「わかた！」『わふ！』

俺はくんくん鳴いている子魔狼たちの頭を撫でた。


そして、ヒッポリアスとピイと一緒に偵察に向かう。

「ヒッポリアス、行こうか」

『いく！　がんばる！』

「頼りにしているよ」

「きゅお！」

ふんすふんすと鼻息を荒くしたヒッポリアスと一緒に俺は歩いていく。

いつもどおり肩にはピイが乗っている。

偵察だけならば、シロも活躍するだろう。

だが、キマイラ相手の戦闘だと、シロは少し危険だ。

「そういえば、まだヒッポリアスに気配を消す方法を教えてなかったな」

「きゅお？」

魔熊《まくま》モドキに遭遇したとき、当初気配を消してやり過ごそうとした。

そのとき、シロとフィオは上手に気配を消していた。

だが、ヒッポリアスは全く気配を消せていなかったのだ。

『ひっぽりあす、けはいけせる！』

「そうなのか？　ちょっとやってみてくれ」

『わかった』

「きゅぅぅぅおおお」

ヒッポリアスは小さな声で鳴きながら、小刻みにぷるぷる震えた。

どうやら、ヒッポリアスは気配を消しているつもりらしい。

だが、相変わらず全く気配は消えていない。

震えている分、かえって存在感が増しているぐらいだ。

「……少しコツを教えよう」

「きゅお？」

「気配を消すというのはだな――」

気配を消すコツを話しながら歩いていく。

『やってみる！』

「すぐにはできないと思うから、気長にな」

『わかった！』


そんなことをしていると、すぐに畑に到着した。

「よし、畑を荒らした犯人を追跡するぞ」

「きゅお！」『ぴぃ！』

「どこから来て、どこに帰ったか。それを調べないとな」

『わかった！　ひっぽりあすしらべる』

『ぴぃも！』

ヒッポリアスは畑に鼻をつけるようにして、ふごふごと匂《にお》いを嗅《か》いでいる。

ピイも俺の肩から飛び降りると、ぺたんと平べったくなって畑に広がる。

二メトル四方ぐらいの大きさだ。

『ヤギ！』

「そうだな。ヒッポリアスはヤギに似ているって言ってたな。俺も似ていると思うよ」

「きゅお！」

『こっち！　こっちいった！』

「む？　ピイ、わかるのか？」

『わかる！』

「どういう仕組みでわかるんだ？」

『まりょく！　のあとがある』

そう言って、ピイは球体に近い形に戻ってプルプルした。

「そうか。ピイは魔力の凝《こ》りがわかるんだもんな」

『わかる』


ピイはよく俺の肩と頭を揉《も》んでくれる。

そのとき、筋肉のこわばりだけでなく、普通の魔導師でもわからない魔力の滞りみたいなものまで見て揉んでくれるのだ。

魔力を感知する能力が際立《きわだ》っているのかもしれない。


『それにかけらおちてる！』

「かけら？」

『からだの！』

「ふむ」

もしかしたら、目に見えないほど小さい毛や皮膚の欠片《かけら》などを察知しているのかもしれない。

有機物なら何でも食べるピイにとって、小さい毛も皮膚の欠片も捕食《ほしょく》対象だ。

だから、それを探す能力も非常に高いのかもしれない。

「ピイ、すごいな」

『ぴいすごい！』

「ぴっぴい！」

俺がピイを撫でると、ヒッポリアスも少し興奮気味《こうふんぎみ》にピイのことをベロベロ舐《な》めた。

そして、ピイは嬉しそうにブルブルしていた。

21 キマイラの痕跡を追おう

俺《おれ》とヒッポリアスは、追跡能力が予想外に高かったピイの後ろをついていく。

『こっち』

「ありがとうなピイ」

「ぴっぴい」

ピイはぴょんと跳んで、少し平べったくなってプルプルする。

そして、またぴょんと跳ぶのだ。

平べったくなってプルプルしたときに、いろいろと痕跡を探ってくれているのだろう。

ヒッポリアスも一生懸命ふんふんと鼻で匂《にお》いを嗅《か》いで追跡に貢献しようとしてくれている。

「ぴっ！」

ピイは鳴きながら、ぴょんぴょんと移動していく。

キマイラの痕跡を探りながらなので、その歩みは遅い。

移動の途中、ヒッポリアスが言う。

『てお𛀁ーるみてみて』

「どうした、ヒッポリアス」

『けはいけした！』

そう言ってヒッポリアスは鼻息を荒くしている。

俺が先ほど教えたことを、早速実践《じっせん》しているようだ。

だが、全く気配は消えていない。

「おお、すごいな、ヒッポリアス」

「きゅお」

「でも、まだ消えていないかな」

「きゅぅお……」

「まあ、そう簡単にできることじゃないからな。俺も何年かかかった」

『ておどーるも？』

「そうだぞ」


俺は十歳で冒険者パーティーの荷物持ちになった。

そして、気配を消せるようになったのは十三歳ぐらいのときだっただろうか。

それまではパーティーが魔物と戦っている間、息を潜めて震えていたのものだ。

生き伸びるために必死に覚えた俺でも三年かかった。

「だから、ヒッポリアスがすぐにできなくても仕方ないことだよ」

『そっかー』

それから俺たちは静かにピイについていく。

『みてみて、けはいけせた』

「うん。まだ消えてないかな」

『そっかー』

そんな会話を数分ごとにしながら、歩いていく。


出発してから、一時間ほど経《た》ち、かなり拠点から離れた。

イジェの村や魔熊《まくま》モドキの巣とは別の方向に進んでいる。

『あ、おいしいくさだ！』

そう言って、たまにヒッポリアスは草を食べている。

「それにしても木がすごいな」

俺たちが歩いているのは、木々《きぎ》がうっそうと生《お》い茂っている森の中だ。

『ちかい！』

ピイが突然そう言ってぴょんと跳ねる。

「そうなのか？　俺はまだ気配を感じられていないが、ピイはすごいな」

ピイがそう言うならそうなのだろう。

俺よりピイの方が気配を読む感覚が鋭《するど》いのだ。

『あっち！』

ピイは球体の体を、器用に変形して、一部を尖《とが》らせる。

その尖った方向を見ると、崖が見えた。

そして、その崖には穴が開いて、洞穴《ほらあな》となっていた。

「あの洞穴の中？」

『たぶん！』

ピイは自信があるようだった。

「ふむ。洞穴の入り口が大きいな」

キマイラの体長が十メトルを超えていても、中に入れそうなぐらいに大きい。

「よし、ヒッポリアス、ピイ。静かに進むぞ」

『わかった』

「ぴい！」

ピイは即座に気配を消した。

「……すごいな」

「きゅお～」

ヒッポリアスも気配を消そうとはしているが、難《むずか》しそうだ。

「ヒッポリアス。なるべく音を立てないようにするだけでいいよ」

『わかった！』


そして、俺たちは慎重《しんちょう》にゆっくりと進む。

ピイは気配を消したうえに、音も立てない。

だが、ヒッポリアスは大きいので音を立てないというのは難しい。

それでも、ヒッポリアスなりに頑張《がんば》って静かに進んでいる。


『ひっぽりあす、ちいさくなる？』

「それもありだが……戦闘になったときのことを考えるとな」

『そっかー』

「もし、やばそうなら、俺はすぐにピイを抱えてヒッポリアスの背に飛び乗るからな」

『わかった。ひっぽりあす、はしる』

「頼りにしているよ」

そんなことを小声で話しながらゆっくり進む。

ピイは静かに進みつつ、痕跡のチェックもしてくれている。

多才で器用なスライムである。

洞穴の入り口まで、あと三十メトルの距離まで近づいたとき、ピイがぶるぶるした。

『ちがうやつのあとがある！』

「違う奴《やつ》？　キマイラ以外の？」

『そう。きまいらよりつよい！　たたかったみたい』

「ここでキマイラと戦った奴がいるのか」

『ちがいっぱいでてる！』

キマイラが大量の血を流すほどの相手。

よほどの強敵かもしれない。


そのとき、俺は何かの気配に気がついた。

「みんな止まって」

『…………』『……』

ヒッポリアスとピイは無言で止まった。

全員で森の中、草の中に身を伏せる。

体の大きなヒッポリアスも、目立たないように懸命に体を丸めていた。

どんどん強力な魔物の気配が近づいてくる。

魔物の気配は上から、つまり空から感じる。

（あれは……飛竜《ひりゅう》だな）

羽の生《は》えた空を飛べるドラゴンのことを飛竜と呼ぶ。

非常に強力な魔物だが、キマイラではない。

その飛竜は口に大きな猪《いのしし》を咥《くわ》えていた。

飛竜は洞穴の前に着陸すると、中に入っていく。


『てき？　こうげきする？』

「その必要はないぞ」

『わかった』

敵を殲滅《せんめつ》するならば、洞穴の外から中に向かってヒッポリアスの魔法を撃ち込むのが一番早いかもしれない。

だが、その必要はないと俺は思った。

あの飛竜は、旧大陸で出会った、俺の知り合いである。


「ヒッポリアス。ピイ。気配は消さなくていいぞ」

『どして？』

「ぴい？」

「あの飛竜は俺の知り合いなんだ。話し合いが可能だ」

『わかった』

『まかせる』

途端にヒッポリアスとピイの緊張が少しとけた。


「問題は、飛竜とは別に、知り合いではないキマイラがいるかもしれないことなんだよな」

『どする？』

「ヒッポリアス、警戒はしておいてくれ」

『わかった』

「ピイ、キマイラの痕跡は洞窟《どうくつ》に続いているのか？」

『つづいてる』

「わかった。ピイ、俺の肩に乗っておいてくれ」

『わかった！』

いざというとき、逃げやすいようピイには肩に乗ってもらうことにしたのだ。

22 洞穴の中にいたもの

俺《おれ》たちはゆっくりと自然な程度に静かに、気配は隠しすぎないようにして歩いていく。
洞穴の中にいるものたちを驚かせずに、接近を報《しら》せるためだ。

そうして俺たちは洞穴の入り口の前に立った。
中は暗《くら》く、上に向かって傾斜がついている。
それに加えて、途中で右に曲がっていた。
そのせいで、中にいるものの姿を見ることはできない。

俺が中に向かって呼びかけようとしたそのとき、洞穴の中から何かが飛び出してきた。
俺は咄嗟《とっさ》に身を躱《かわ》す。
今までいたところを、金色の生き物が通過した。
躱すのが遅れたら、大けがをしていただろう。
――ボォ
そいつの突進速度があまりにも速すぎて、強めの風が吹く。

「ぶぼおおおおお！」

そして、そいつは威嚇《いかく》するかのように大きな声で咆哮《ほうこう》した。

「まあ、落ち着け。お前と、いやお前たちと敵対する気はない」


そいつは体長〇・五メトルほど。

速かったが、とても小さい。

金色っぽい体毛を持つ猪《いのしし》だった。

小さいが、ただの猪ではなく、魔獣の猪、魔猪《まちょ》である。

旧大陸で俺が知っている魔猪とは気配が違う。

種族も違うのだろう。

そして猪はどう見てもまだ子供。

猪というより、うりぼうと言った方がいいかもしれない。


「ぼぼぼおおおお」

小さい体を懸命に大きく見せようとしながら、吠《ほ》えている。

中にいる何かを守ろうとしているのだろう。

「どう見ても、キマイラ……じゃないよな」

「ぶぼぼぼぼぼ」

ケリーにも間違いはある。

いや、そもそもケリーは確定はできないと何度も言っていた。

間違ったとも言えない。

この猪の体毛は、旧大陸のキマイラに似た特徴を持っているということなのだ。

きっと、この新種の存在に、ケリーは大喜びするだろう。

だが、今はとにかく興奮している猪を落ち着かせなければならない。


「俺は、お前たちに危害を加えない」

「ぶぼぼぼぼ」

「俺は、お前たちの敵ではない。危害を加えたりもしない」

何度も落ち着いた口調で言い聞かせるように語りかける。

テイムの第一段階、対話の状態だ。

スキルの強制力も使っているからか、魔猪は逃げもせず暴《あば》れもしない。

ただ警戒して、こちらを睨《にら》みつけて威嚇している。

ここは焦《あせ》ってはいけないのだ。

ゆっくり時間をかけて落ち着かせるしかない。

「俺は――」

「があうがうがうがうがう！」

俺がテイム第一段階を猪にかけていると、洞穴の中から先ほどの飛竜《ひりゅう》が飛び出てきた。

そして、俺に甘えて頭をこすりつける。

「久しぶりだな、元気にしていたか？」

「がぁう！」

元気だよと飛竜は言っている。


この飛竜とは十二年ぐらい前に知り合った。

魔王を倒す二年前のことだ。

この飛竜はテイムの第二段階の関係である。

つまり対価を与えて、協力してもらったという関係だ。

毒沼に囲まれた砦《とりで》に向かうときに、その背に乗せてもらったのだ。

第三段階、つまり従魔とはしていないので、名前を付けてはいない。


「こんなところで、何をしているんだ？」

「がう」

「一緒に来た？　誰《だれ》とだ？」

「がうがうがぁう？」

飛竜の説明は要領を得なかった。

従魔化していないので、飛竜の意思は人の言語となって俺に伝わるわけではない。

「がうがう！」

「とにかく来てか。わかった、見ればわかるんだな」

「がう！」

飛竜が俺の服を咥《くわ》えて、洞穴の中に連れていこうとする。

どうやら見てほしいものがあるらしい。


だが、猪はその前に立《た》ち塞《ふさ》がる。

「ぶぼぼぼぼ」

俺を洞穴の中に入れたくはないらしい。

「があう」「ぶぶぼ」「があがが」

飛竜が猪を説得することで、俺は中に入れることになった。

「ぶぼぼぼぼ」

「わかった。ヒッポリアスはここで待っていてくれ」

猪は完全に俺を信用しているわけではない。

だから、明らかに強いヒッポリアスは中に入れるわけにはいかないと主張してきたのだ。

『ひっぽりあすもついてく！』

「大丈夫《だいじょうぶ》だから安心しなさい」

「きゅお……」

「少しだけ、待っていてくれ」

『……わかった。きをつけて』

「うん。ありがとうな」


そして、俺はヒッポリアスを待たせて、ピイと一緒に洞穴の中に入っていく。

飛竜が先導してくれて、俺の後ろから猪の子供が油断なく睨みながらついてくる。

暗い洞穴の中をしばらく進むと、大きな猪が横たわっているのが見えた。

体長は八メトル。想定されていた二十メトルよりはずっと小さい。

暗いのでよく見えないが、どうやら怪我《けが》をしているようだ。

そして、その横には人間が一人、横たわっていた。

こっちも暗いので顔は見えない。


「明《あ》かりをつけてもいいか？」

「がう」

飛竜がいいと言うので、魔法の鞄《マジック・バッグ》から明かりを取り出して点灯させる。

明かりは昔から持っている周囲を照らす魔道具である。

「え？　なぜここにいるんだ？」

「……あ、テオさん。えへへ。やっと会えた」

それは、一緒に魔王を倒した勇者パーティーの仲間にしてリーダー。

勇者本人だった。

23 勇者ジゼラ・ルルツ

Hennaryu to moto yuusha party zatsuyougakari shintairiku de nonbiri slowlife

俺《おれ》は勇者の様子を窺《うかが》う。

勇者の顔色はとても悪かった。

「ジゼラ、大丈夫《だいじょうぶ》か？」

勇者はその名をジゼラ・ルルツという。

「ぼくは全然大丈夫だよ」

ジゼラはそう言って微笑《ほほえ》むが、あまり信用できない。

昔、大丈夫と言っていたのに骨折していたことがあったからだ。

「本当のことを言いなさい」

「本当に、ちょっとお腹《なか》が痛いだけだよ」

俺はジゼラの額に手を置いた。

「ひどい熱じゃないか」

「こんなの寝てれば治るよ。それよりボアボアの方が……」

「ボアボア？」

「そこにいる子の名前だよ」

「ふむ」

俺はボアボアと呼ばれた大きな猪《いのしし》の様子を見た。

そしてテイムスキルを使って語りかけた。

「痛いことはしないから、調べさせてくれ」

「ブボボボ」

「いい子だな」

ボアボアはあっさり俺が体に触れることを認めてくれた。

信頼しているジゼラが、俺のことを信頼していそうだからだろう。

「ぶぼ！」

子猪が、警戒して俺の前に立《た》ち塞《ふさ》がる。

「ボボボボボ」

「ぶぼぉ」

だが、ボアボアにたしなめられて、子猪も大人しくなった。

「ありがとう。痛いことはしないからな」

俺はボアボアの怪我《けが》を調べる。

「ふむ。体力があるな、ボアボア」

かなりの重傷だ。お腹に何かが刺さったようだ。

刺さった物自体は抜いてあるようだが、傷口が塞がっていない。

「これは、何が刺さっていたんだ？」

「角だよ」

ジゼラが教えてくれる。

「角？　何の角だ？」

「なんか、すっごい敵がいて、それの角を食らったの」

「そのすっごい敵とやらは？」

「倒した」

「ジゼラが？」

「そう」

さすがは勇者。相変わらず強いらしい。

「それはすごい。詳《くわ》しい経緯は後で聞かせてくれ」

「わかった。ボアボアの怪我は治りそう？」

「……見た限り、毒も食らっているな。血が止まっていないのはそのせいもあると思う」

血液凝固《ぎょうこ》を阻害《そがい》する毒もある。

魔獣や蛇《へび》の毒だけでなく、普通の食用魚でもそういう毒を持つものがいる。

比較的よくある毒だ。


「うん。でもテオさんならなんとかできるでしょ？」

「俺は治癒術師ではないんだ。あまり過度な期待はするな。それで、その角は？」

俺が尋ねるとジゼラは部屋の片隅を指さした。

「確か引っこ抜いて、あの辺《あた》りに置いたと思う」

ジゼラの指さした方向にはいろいろなものが散乱していた。

完全にゴミ捨て場になっていた。

その中から、角を探す。

「これか？」

それは〇・五メトルはある大きな角だった。

「それそれ」

「これか。ふむ」

角はドリルのようにねじれていた。

そして、中が空洞になっている。

「この空洞に毒が入っていたのか？」

「多分？　そうだと思う」

俺はその角に鑑定スキルをかける。

「これの持ち主は……魔熊《まくま》モドキの亜種《あしゅ》みたいな奴《やつ》だな」

「魔熊モドキ？」

「俺たちが勝手にそう言っているだけだがな」

魔熊モドキには角は生《は》えていなかったが、角の生えているものもいるらしい。

「テオさん、なんとかなりそう？」

「うん。多分大丈夫だ」

「さすがだね」

角に鑑定スキルをかけたときに空洞に残った毒も調べている。

「成分的には、特に珍しいというわけではない。一般的な魔物毒の範疇《はんちゅう》だ。だが、冒険者ギルドで販売している解毒ポーションだと効《き》かないかもな。どちらかというと、魚の毒に似ているし……」

一般の食中毒向けの解毒薬と、冒険者の使う魔物用解毒薬の中間ぐらいだろうか。

中間だからといって、混ぜればいいというわけではないので、絶妙な調整が必要だ。

「一度似たものを作ったことがある。だから安心しろ」

「うん。テオさんがそういうなら安心だよ」

俺は魔法の鞄《マジック・バッグ》から採集した薬草を取り出していく。

そして、作成スキルで解毒薬を作り出す。

飲み薬と塗り薬の二種類だ。

ついでに以前作った傷薬も取り出しておく。


「ボアボア、治療する。ここからは痛いぞ。覚悟してくれ」

「ボオオオ」

ボアボアは覚悟完了している旨《むね》を力強く返事をした。

「いい返事だ。まずは解毒からだ、ん？　どうしたピイ」

『きれいにする？』

「ああ、そうか、ピイなら、傷口を綺麗《きれい》にすることもたやすいな」

下水を一瞬で正常な水にできるピイの能力なら、傷口の汚れも綺麗にできるだろう。

俺はボアボアにテイムスキルを使って語りかける。

「この子はピイ、俺の従魔のスライムだ。傷口を綺麗にすることができる」

「ぶぼ」

「治療の一環として、ピイに触れさせてくれ」

「ぶぼぼ」

「了承してくれてありがとう。ピイ、いいよ」

「ぴいぴぃ！」

ピイはボアボアの傷を体で覆《おお》う。

「テオさん、その子は？」

「ピイか。俺の従魔のスライム。ピイだ」

「ピイちゃん、よろしくね」

「ぴぃ！」


ピイが返事をした頃には、傷口は既に綺麗になっていた。

血はまだ止まっていない。じわじわとにじみ出ている。

「ボアボア。俺の治療を開始する。染《し》みるし、痛いぞ」

俺は改めて確認する。

「ボボボオオオ」

「よし、相変わらずいい返事だ。始めるぞ」

解毒薬を傷口にかける。

毒が体内深くに入っていると考えられるので、傷口を広げて中に入れる。

「ブボオオオオ！」

「ぶぼぶぼ」

ボアボアがあまりの痛みに叫《さけ》び声を上げる。

子猪が心配そうにボアボアの顔を舐《な》めていた。

「ピイが綺麗にしてくれたから、毒もかなり薄まっているな」

「ピイ」

「おかげで、すぐに傷薬での治療に移れる。さっきよりは痛くないはずだ」

「ボオオオオ」

ひと思いにやってくれと言うので、俺は傷口に傷薬を振りかける。

みるみるうちに傷口は塞がっていき、血が止まる。

「さすがテオさんの傷薬だね。効果がすごいよ」

ジゼラが感心した様子で言った。

一瞬目をやると、ジゼラの頭にピイが乗っていた。

何をしているのか聞いてみたい気もするが、今は治療が優先である。


「ボアボア。よく我慢《がまん》した。次は飲み薬だ。苦いぞ」

「ボボボオオオ」

俺はボアボアの口の中に解毒薬を突っ込む。

ボアボアは吐きそうになりながらも、一生懸命飲み込んでいた。

「これで、しばらく安静にしておけば、多分大丈夫だ」

「ボオオオ」

ボアボアがお礼を言う。

「気にするな、困ったときはお互い様だからな」

ボアボアの応急処置が終わったら、次はジゼラの治療だ。

「で、ジゼラは何を食べて、お腹を壊したんだ？」

俺はジゼラは食中毒だと予想していた。

「特に何も？」

「嘘《うそ》をつくな」

ジゼラには変なものを口にする傾向があるのだ。

「いや、本当だよ？」

「じゃあ、お腹を壊した前に食べたものを全部教えてくれ」

「ええっと……」

ジゼラは素直に食べた物を思い出しながら教えてくれる。

どんどん食材が列挙されていく。

だが、どれも問題はなさそうだった。

「……えっと、あとは赤苺《レッドベリー》かな」

「それはこの近くで採ったものか？」

「うん。美味《おい》しかった」

どうやら、ジゼラもヴィクトルたちと同じく毒赤苺《ポイズンレッドベリー》を食べていたようだった。

24 ジゼラの治療

Hennaryu to moto yuusha party zatsuyougakari shintairiku de nonbiri slowlife

「ジゼラ、恐らくその赤苺《レッドベリー》に見えたものが毒だな」

「え？　美味《おい》しかったよ？」

「美味しい毒もあるんだ」

「そうなんだ。……赤苺にしか見えなかったのに」

「赤苺じゃなく、毒赤苺《ポイズンレッドベリー》と俺《おれ》たちは呼んでいる」

俺はヴィクトルたちに飲ませた毒赤苺用の解毒薬を鞄《かばん》から取り出す。

「ジゼラ。とりあえずこれを飲め」

「わかった。美味しい？」

「まずい。だが飲め」

「…………わかった」

ジゼラはちょびちょびと解毒薬を飲む。

ジゼラの頭の上に乗ったピイがムニムニと動いていた。

「うぇー」

「一気に飲んだ方がいいぞ」

そう言いながらも、ジゼラは時間をかけて薬を飲み干した。

「……わかった」


「しばらくしたら治るとは思うが……」

「ありがと。元気になったかも」

「そんなわけあるか。安静にしなさい」

とはいえ、ジゼラをここに放置するのはまずい。

日の当たらない洞窟《どうくつ》の中に放置したら、治るものも治るまい。

「ジゼラは、俺たちの拠点に来るか？」

「でも、ボアボアが……」

傷は塞《ふさ》いだとはいえ、怪我《けが》をしているボアボアを残していきたくないのだろう。

その気持ちはわかる。

「とはいえ、ボアボアを連れていくのは大変だぞ」

ボアボアの体はとても大きい。

体長十メトル近いのだ。

ヒッポリアスに力を借りても移動させるのは大変だ。

それに無理矢理移動させれば、そのこと自体が体力を消耗させてしまうだろう。

「ブボボボボ」

ボアボアはジゼラを連れていけと言っている。

「だが、怪我しているボアボアを放置するわけにも」

「があ！」

「うーん。飛竜《ひりゅう》が自分が見ているから大丈夫《だいじょうぶ》だと言う。

飛竜は俺たちの拠点の位置がわかるのか？」

「……があ」

「そうか、わからないか」

わかるのなら万一のことがあったとき、連絡してもらおうと思ったのだ。

だが、よく考えたら、わかるならばジゼラが倒れた時点で助けを呼びに来ているはずだ。


「そうだな。大体ここから……」

俺は飛竜に拠点のある方角を教える。

「そちらの方角に来れば、建物が固まっているからわかると思う」

「があ」

任《まか》せろと飛竜は力強く言ってくれた。

「飛竜頼んだ。また明日見に来るよ」

「ブボボボ」

「ぶぼ」

ボアボアと子猪《こいのしし》にお礼を言われた。


「さて、ジゼラはとりあえず俺たちの拠点で療養だ」

「ありがと、苦労をかけるよ」

「気にするな。安静にな」

「ブボボ」

「食料はあるか？」

「がう」

飛竜は食料には余裕があると言う。

最初飛竜を見たとき、口に大きな猪を咥《くわ》えていた。

恐らくあれが餌《えさ》なのだ。

「それにしても……」

どう見ても猪のボアボアたちが、猪を食べるというのが意外だった。

「ブボ？」

「いや、何でもない」

もしかしたら、ボアボアたちは猪ではないのかもしれない。

いや、猪でも、俺たちが食べていて、飛竜が咥えていた猪とは別の種族ということなのかもしれない。

「……魚は魚を食べるのが自然だからな」

種族が異なるなら、猪も猪を食べてもおかしくないのかもしれない。

「ブ？」

「気にするな」


どうやら、ジゼラと猪親子に食べさせるための食料を、飛竜が獲《と》ってきていたらしい。

その飛竜が獲ってきた猪は洞穴《ほらあな》の奥に置かれている。

「そうか。ボアボアたちは肉食が基本なんだな」

「ブボ」

「草も食べるのか。ヒッポリアスと同じ、肉食寄りの雑食かな」

「がう」

「その肉の処理とかはしなくて大丈夫か？」

「がう」

「ブボボ」

「そうか、そのまま食べるのか」

野生だと普通はそうだ。

「手伝ってほしいことはないか？　何でも言ってくれ」

「ブボゥ」『があう』

「そうか。遠慮しなくていいんだぞ」

「ブボボ」

遠慮はしていないらしい。

ボアボアたちからは感謝の気持ちが伝わってくる。

礼儀正しい動物たちだ。


そして俺は解毒薬の瓶《びん》を置くと、ジゼラを背負って、洞穴の外へと向かう。

ジゼラの頭に乗っていたピイは俺の頭に移動した。

「ピイ、どうして、ジゼラの頭に？」

『あたまがこってた』

「そうか」

マッサージしていたらしい。

「ジゼラ、ピイに頭を揉《も》まれてどうだった？」

「楽になった気がする。薬が効《き》いたおかげかもしれないけど」

「恐らく両方だな」

「ピイ、テオさんも、ありがとうねぇ」

「ぴぃ」

「気にするな。だが、なぜここにいるのかなどは後でゆっくり聞かせてもらうからな」

「……わかった」


洞穴の外に出ると、ヒッポリアスが警戒して周囲を窺《うかが》っていた。

緊張した様子で尻尾《しっぽ》を立てている。

俺が出てきたことに気付くと、大喜びで駆《か》け寄ってきて頭をこすりつけてきた。

その頭を俺は撫《な》でまくる。

「ヒッポリアス、何もなかったか?」

『なかった! そのひとは?』

「ああ、この人はジゼラ・ルルツ。俺の古い仲間だ」

『そっかー』

俺はジゼラにもヒッポリアスのことを紹介する。

「よろしくね、ヒッポリアス」

「きゅお」

ジゼラは、俺に背負われながらヒッポリアスの頭を撫でる。

そして俺の頭の上に乗っているピイも撫でる。

「テオさんは、相変わらず、すごい子たちを従魔にするねぇ」

「そうだろうそうだろう。拠点には可愛《かわい》い子魔狼《こまろう》の従魔もいるぞ」

「うわぁ、見たい見たい」

ジゼラの声は弾《はず》んでいる。

食中毒で苦しんでいる者の声とは思えないほどだ。

「さて、ヒッポリアス。拠点に帰るんだが、少し急ぎたい」

『わかった！　のって』

「ありがとう」

俺たちが乗るとヒッポリアスはすごい速さで走り始めた。

25 ジゼラの事情

俺《おれ》に背負われた状態のジゼラは、興奮気味《こうふんぎみ》に言う。

「ヒッポリアスはすごく速いんだね」

「きゅお！」

ヒッポリアスも嬉《うれ》しそうだ。

ヒッポリアスが頑張《がんば》ってくれたおかげで、さほど時間をかけずに拠点に戻ることができた。

俺がヒッポリアスに乗ったまま拠点に入ると、みんなが集まってくる。

だが、ケリーとイジェ、それにフィオ、シロと子魔狼《こまろう》はいなかった。

きっとどこかの家の中にいるのだろう。


「テオさん、何かわかりまし、……あれ？　ジゼラさん？」

ヴィクトルがジゼラに気付いて、驚いている。

旧大陸にいるはずの勇者がいれば驚くだろう。

「久しぶり、ヴィクトルのおっちゃん」

ジゼラが笑顔で挨拶《あいさつ》している。

「え？　ジゼラだって？」

「あ、本当にジゼラさんだ。どうしたんですか？」

冒険者たちが集まってくる。

ジゼラは勇者なので、冒険者なら知らない者はいないのだ。


「とりあえず、詳《くわ》しい話は後だ。ジゼラは治療が必要だから病舎に運ぶ」

俺はジゼラを背負ったまま、ヒッポリアスの背中から降りる。

俺が降りると同時に、ヒッポリアスは小さくなった。

「怪我《けが》は……なさそうですが、ご病気ですか？」

ヴィクトルは素早く観察して、怪我がないことを見抜いたのだ。

「……毒赤苺《ポイズンレッドベリー》だ」

「…………ああ」

先日まで毒赤苺で苦しんでいたヴィクトルは、心の底から同情したようだ。

ジゼラを見る目が優しい。

他の冒険者たちも、ヴィクトルの苦しみを知っているので一様《いちよう》に同情している。

ヴィクトルと同様に毒赤苺で苦しんだ冒険者たちは特にそうだ。

「もう薬は飲ませた。だが、しばらくは寝かせた方がいいからな」

「そうですね。ケリーと治癒術師を呼んできましょう」

「頼む」

俺がジゼラを背負ったまま病舎へと向かおうとしたら、

「えー。ぼくはテオさんと一緒がいいな」

「トイレの近い病舎の方がいいぞ」

「……えー」

ジゼラは不満げだ。

病気になって心細いという気持ちはわからなくはない。

「仕方ないな。わかった」

俺はヴィクトルに病舎ではなくヒッポリアスの家に行くことを報告してから、ジゼラを連れていった。

家に入ると、

「わふ！　おかえり」

「オカエリナサイ」

フィオとイジェに迎えられた。

そして、シロと子魔狼たちは、ケリーと一緒に眠っていた。

ケリーも疲れていたのだろう。

「ただいま」

「きゅお」「ぴい」

俺はジゼラを毛布《もうふ》の上に寝かせる。

「そのひとだれ？」

「俺の古い仲間だ」

「よろしく、ぼくはジゼラだよ」

「よろしく」

「ヨロシクオネガイシマス」


挨拶をしていると、ヒッポリアスの家に治癒術師とヴィクトルがやってきた。

「毒赤苺を食べたとか？」

「食べちゃった」

「……その割には元気ですね」

「さっきテオさんの薬を飲んだからね」

「そうでしたか。いや、そうだとしても元気すぎると思いますが」

そんなことを言いながら、治癒術師は診察を済ませる。

「薬を飲んで寝ていれば治るでしょう」

そう言って、治癒術師は去っていった。

入れ替わるようにケリーが目を覚《さ》ます。

「む？　………ジゼラか」

「あ、ケリー。こっち来てたんだね」

ケリーは子魔狼たちとシロたちを優しく撫《な》でるとこっちに来た。

「ケリー、知り合いだったのか？」

「学生の頃、ジゼラの討伐《とうばつ》した魔物の調査に加わったことがあってな。そのときに出会ったんだ」

「懐《なつ》かしいな。楽しかったね」

「私にとっては、楽しいというよりも、本当に恐ろしい体験だった」


数年前、珍しい魔物が討伐されたということで、魔獣学者の卵だったまだ学生のケリーが向かったのだという。

珍しい魔物が討伐されたとき、生態調査のために学者や学生が呼ばれることはよくあることだ。

その魔物を討伐したのがジゼラだったのだ。

だが討伐された魔物は、最初の一頭に過ぎなかった。

ケリーの到着後、数十頭の群れが襲いかかってきたのだ。

「本当に死ぬかと思った。ジゼラがいなかったら確実に死んでいただろう」

「でも、いい研究ができたんでしょう？」

「そうだね。そのときに得た資料で書いた『群体化した魔物の形態変化と集合意識』と言う論文で博士号をもらったからな」

なにやら難《むずか》しい研究をしていたらしい。

そして、ジゼラとケリーは年齢が近いこともあり、仲が良くなったのだという。

「ジゼラには研究を沢山《たくさん》手伝ってもらったんだよ」

「ぼくも身体《からだ》動かすいい機会だったからね！」

偉い学者先生の研究のためだと言って、辺境へ行って魔物討伐をするのがジゼラの息抜きだったのだろう。

だが、ここ一、二年は大陸全体が平和になった。

新種の魔物が見つかることもほとんどなくなった。

だから、ケリーは新大陸の調査事業に参加することにしたのだ。

その辺《あた》りは俺と同じだ。


「で、ジゼラは、どうしてここに？」

ケリーが尋ねると、ヴィクトルも頷《うなず》く。

「ジゼラさん。それは私も気になっていました。一体どうしてここに来られたのですか？」

「話せば長くなるんだけど」

「はい。長くても聞きますよ」

「仕事が嫌になったから、テオさんを追いかけてきた」

「……さほど長い話ではないですね」

「えへ、えへ」

なぜかジゼラは照れていた。


それを聞いて、ケリーはため息をついた。

「ジゼラ。みんなに迷惑かけてないか？」

「大丈夫《だいじょうぶ》だよ、テオさん。出発前に迷惑がかからないようにしてきたから」

「ふむ？　どうやったんだ？」

「えっと、ぼくは仕事が本当に嫌になってリリアに相談したんだけどね」

リリアとは勇者パーティーの魔導師である。

ものすごく強いうえに、頭もいい。

「リリアは何て？」

「えっと、陳情書っていうのを作ってくれたんだ」

「ふむ？　陳情書か。ジゼルの待遇改善でも求めたのかな？」

「いや、リリアの陳情書には、ぼくの待遇については何も書かれてなかったよ」

それでなぜ、迷惑をかけずに新大陸に来られるようになったのか、よくわからない。

「ジゼラさん。具体的には何が書かれていたんですか？」

「病人が多すぎるとか、街が臭《くさ》いとか？」

「医療福祉との改善と下水道の整備を求めたのか」

「そうそう。そんなことが沢山書いてあった。ぼくは国王に会う機会もあるから直接手渡したら大騒ぎになって」

「……そりゃなるだろうな」

勇者が国王に直訴《じきそ》などしたら、それは大事《おおごと》だ。


「リリアが、改善されないなら、ぼくは仕事しないと陳情書に書いておいてくれてたんだ」

「勇者のストライキか」

「そしたら、いろいろな仕事を全部クビになった」

「なるほどな。そういう事情か」

平和になった今となっては、勇者の仕事は名誉職的なものばかりだ。

多大なる功績があって若くて綺麗《きれい》な女性であるジゼラは、国民にも大きな人気がある。

国にとって都合のいいお飾りである。

大人しくしている限り、箔《はく》を付けるのに最適なのだ。

時期を見計《みはか》らって、それなりの貴族か王族に嫁《とつ》がせて、さらに利用しようとしていたに違いない。

「まあ、国の方も驚いたんだろうな」

「そだね、みんなびっくりしてた！　面白《おもしろ》かったよ」

今まで従順に、大人しく仕事をしていたジゼラが、突然問題意識を持ったのだ。

このまま放置していたら、国民を味方につけて大きな社会運動になりかねない。

だからほとんど追放に近い状態で仕事と役職を取り上げたのだろう。

ジゼラを女だからと舐《な》めていた、古い頭のお偉いさん方の顔が目に浮かぶ。

いい気味である。


「子供だったジゼラも大人になって、知恵をつけたと思われたのかもな」

「テオさんの言うとおりぼくは知恵をつけたのかもしれない。いや、ぼくは昔から賢《かしこ》かった気がする」

「そうか。そんなことはないがな」

「ぷう」

ジゼラは不満げに頬《ほお》を膨らませる。

魔王を討伐したとき、ジゼラはまだ十四歳の子供だった。

だが、十年経《た》った今となっては二十四歳。

分別のある大人になってもおかしくない年齢だ。

「リリアは本当に頭がいいよ。あっという間に自由の身だからね！」

そう言って、ジゼラは嬉しそうに微笑《ほほえ》んだ。

26 ジゼラのお話

Hennaryu to moto yuusha party zatsuyougakari shintairiku de nonbiri slowlife

ジゼラがクビになった経緯はわかった。

だが、まだ疑問は残る。

ジゼラが愚痴《ぐち》ったぐらいで、リリアは手を貸すだろうか。

いつもなら「まあまあ」となだめるのがリリアである。


「ジゼラ。どうして、リリアが手伝ってくれたのかわかるか？」

「ぼくが仕事嫌だって言ったからだと思うけど」

「ふむ。他に何か言ってなかったか？」

「うーん、うーん。あ、そうだ。なんかちょうどいいって言っていたような」

「ちょうどいい？」

「なんか、動きがあるって。いろいろな運動？　みたいなのをしている人たちの中には、ぼくに手伝ってほしい人たちが沢山《たくさん》いるみたいなんだよね」

ジゼラはよくわかっていなさそうだ。

だが、俺《おれ》とヴィクトルは、事情がわかって互いに目を見た。

「そういうことか」

「それは面倒なことでしたね。こちらに来て正解でしたよ」

「そっかー」

ジゼラは脳天気《のうてんき》に笑顔を浮かべている。


恐らく、お人好《ひとよ》しのジゼラを担《かつ》ぎ上げようとする何らかの動きがあったのだろう。

旗印として、国民から人気の高いジゼラは非常に有用だ。

利用しようとする上級貴族がいても不思議はない。

国はその動きに気付いていなかったのかもしれない。

だが、賢者ともいわれるリリアはそれに気付いた。

ジゼラを動かすと同時に国の上層部に裏で話をつけて、国の中枢《ちゅうすう》からジゼラを遠ざけたのだろう。

ヴィクトルも、うんうんと頷《うなず》いていた。


「そうでしたか。今までジゼラさんは頑張《がんば》っていましたからね。もう好きにしていいと思いますよ」

「さすが、ヴィクトルのおっちゃん！　話がわかるね！」

「ジゼラが来たら、私の研究もはかどりそうだな」

確かにケリーの言うとおりだ。

単体での戦闘力が異常に高いジゼラがいるなら、新大陸内部への調査がはかどりそうだ。

地質学者や気候学者も喜びそうである。

「うん、任《まか》せて！　手伝うよ！」

ジゼラは、嬉《うれ》しそうに身体《からだ》を起こして、元気に言った。

それを見て俺は心配になった。

「ジゼラ、興奮しすぎだ。毒赤苺《ポイズンレッドベリー》を食べたんだろう？　安静にしろ」

「さっき薬を飲んだから大丈夫《だいじょうぶ》だよ？」

「そんなわけあるか。大人しく寝ておけ」

「わかった」

大人しくジゼラは横になる。


「さて、旧大陸でのジゼラの状況についてはわかった」

「旧大陸？　あ、こっちが新大陸だから、向こうが旧大陸なんだね」

ジゼラは、初めて聞いた旧大陸という言葉を正確に理解してみせた。

知識はあまりないが、頭は悪くないのだ。

そんなジゼラの横に小さくなったヒッポリアスが寄り添《そ》った。

毒赤苺の食中毒で、辛《つら》いはずのジゼラの身体を温《あたた》めてやろうとしているのかもしれない。

ヒッポリアスは心優しい幼竜なのだ。

「ヒッポリアスは小さくなれるんだね。すごい竜だね。子竜なのにほんとうにすごいよ」

「きゅおきゅお」

ジゼラはヒッポリアスを抱っこして撫《な》でまくる。

ヒッポリアスも嬉しそうにジゼラに鼻を押しつけていた。

懐《なつ》き方が尋常ではない。


そんなジゼラとヒッポリアスを見ていて、俺はふと疑問に思った。

どうして、ジゼラはヒッポリアスを竜だと思ったのだろうか。

ヒッポリアスはぱっと見ではカバにしか見えないのだ。

「………ジゼラ。なぜヒッポリアスが竜だとわかった？」

「なんとなく？」

ジゼラはなぜそんなことを聞くのだと言いたげだ。

これまで、ヒッポリアスを竜だと気付けたのは魔獣学者であるケリーだけだったのだ。

「昔、ケリーに竜の見分け方を教えてもらったのか？」

「私は教えていないぞ」

「うん、教えてもらってないよ」

「正確に言うと、教えようとしたことはあるが、興味がなさそうだったからやめたんだ」

ケリーがそう言うと、心外そうにジゼラは頰《ほお》を膨らませた。

「興味がないわけじゃないよ。倒し方以外、すぐに忘れちゃうだけだよ」

「倒し方以外に興味がないんじゃないか？」

「テオさんまで！　そんなことないよ？」

そんなジゼラにヴィクトルは笑顔で言う。

「ジゼラさん。さすがの洞察力です。お見事です」

「えへ、えへ」

ヴィクトルに褒《ほ》められて、ジゼラは照れていた。

どうやら、ジゼラはその勘と洞察力で、ヒッポリアスが竜だと気付いたらしい。

昔から、ジゼラは直感が異様に鋭《するど》かった。


続けてヴィクトルがジゼラに尋ねる。

「そういえば、ジゼラさん。どうやって新大陸に来たんですか？」

「飛竜《ひりゅう》に乗ってきたんだよ」

「飛竜にですか？」

ヴィクトルは驚く。

テイムスキルを持たないジゼラが飛竜に乗るのは難《むずか》しいのだ。

「テオさんの友達の飛竜に頼んだら、いいよって」

「ジゼラは、テイムスキルもないのに、よく意思の疎通ができるな」

「できてないよ？　でもお願いしたら通じたんだ」

そしてジゼラは詳《くわ》しく教えてくれる。

クビになって自由になったジゼラは、まず魔族の大陸に向かった。

「元々は、テオさんたちと同じ港町から船で行こうと思ったんだけど、途中で飛竜に会ったんだ」

「……あの飛竜が住んでいる場所は通らないはずだがな」

「道に迷ったから」


俺たちが出港したのは、魔族の大陸にあるカリアリという漁村だ。

そこと飛竜の住処《すみか》は九十度違う方向に、一週間ぐらい歩いた距離だ。

ちょっと迷った程度では、飛竜には会わないのだ。


「まあ、とにかく迷って、飛竜に出会って、テオさんに会いに新大陸に行くって言ったら乗せてやるって」

「そうか、運がいいな」

「テオさん。テイムスキルがなくても、そのようなことができるんですか？」

ヴィクトルの疑問はもっともだ。

「普通はできないな」

「ですよね。勇者の力でしょうか」

「というより、あの飛竜は年を経た賢《かしこ》い竜だから人語を理解できているんだろうな」

「なるほど。でも飛竜の言いたいことをジゼラさんはなぜわかるのですか？」

「勘？　だと思うよ。ぼくはなんとなくわかるときがある」

ジゼラは何でもないことのようにそう言うが、普通はあり得ないことである。

「魔獣学者としては、本当にうらやましい能力だな」

「……まあ。勇者だからな」

「そうですね。勇者ですもんね」


人類の枠から外れた規格外な存在が勇者である。

あまり深く考えても仕方のないことなのかもしれない。

「さて、ジゼラ。どうやって新大陸に来たのかはわかった。次はボアボアと仲良くなった経緯を教えてくれ」

「ボアボア？」

ヴィクトルが首をかしげる。

「ああ、大きな猪《いのしし》だよ。恐らく昨晩うちの畑を荒らした奴《やつ》だと思う」

「なるほど」


俺は拠点を出てから、ジゼラと出会うまでの過程をヴィクトルとケリーに教えた。

それをヴィクトルとケリーは真面目《まじめ》な表情で聞いていた。

その間に、ジゼラはイジェとフィオに興味を持ったらしく、抱き寄せて頭を撫でていた。

「なんで、大きな猪の親子と仲良くなったのか、その経緯を教えてくれないか？」

「いや、テオさん。それは違うよ？」

「何がだ？」

「ボアボアは猪じゃなくて、キマイラだよ？」

大真面目にジゼラはそう言った。

それまでボアボアが猪だと、何とも言えない表情で聞いていたケリーが、

「む？　キマイラだと？　ジゼラはどうしてキマイラだと思った？　そしてなぜテオは猪だと思ったんだ？」

前のめりになった。

「ぱっと見でキマイラだった」

「…………いや？　どう見ても猪にしか見えなかったが？」

俺がそう言うと、ジゼラは楽しそうに笑う。

「またまた、テオさんは冗談が好きだね」

「いや、冗談ではないが」

「もう、ほんとにー。ボアボアは確かに見た目は猪に多少似ているとは思うけど」

「多少ってレベルではなく、猪以外の何者にも見えなかったが……」

「でも、オーラが違ったでしょ？」

「…………オーラ？」

昔からジゼラはよくわからないことを言う奴ではあった。

「オーラでわかりにくいのなら雰囲気でもいいけども……」

「……雰囲気」

雰囲気もまさに猪だった。

だが、そう言ったら、また冗談を言っていると思われるかもしれない。

そう思われることは構わないのだが、このままでは話が進まない。

「まあ、洞穴《ほらあな》の中は暗《くら》かったからな。よく見えなかったんだ」

「あー、そっかぁ。ならボアボアを猪と見間違えても仕方がないのかも」

ジゼラはやっと納得したようだった。


「まあここで話し合っていても仕方あるまい。後で私が直接見にいこう」

「そうだな、ケリーが直接見るのがいいだろうな」

そうでなければ、ボアボアがキマイラか猪か、それとも別の何かかは判断できないだろう。

「で、ジゼラ、どうしてボアボアと知り合ったのか教えてくれ」

俺が尋ねると、ジゼラは話し始める。

「あれはそう。飛竜に乗ってこっちにやってきたときのことであった」

ジゼラの語り口は、まるで昔話を読み聞かせるかのようだった。

俺は突っ込まずに黙って耳を傾《かたむ》ける。


普通の飛竜ではなかなか新大陸まで飛ぶのは難しいかもしれない。

だが、あの飛竜は歳《とし》を経た強力な飛竜。

とても速いうえに連続飛行できる時間も長い。

だから、充分たどり着けるだけの力はあるのだ。


「新大陸にたどり着けたのはいいんだけど、テオさんたちがどこにいるかわからなくて……」

「まあ、わかりにくいよな」


俺たちは船でやってきて、拠点を作るのに最適な場所を探してしばらく海岸線に沿って移動した。

ジゼラと飛竜は空を飛んでやってきたのだ。

全く別のところに上陸したとしてもおかしくはない。


「見つからなかったけど、いつまでも飛んでいるわけにはいかないでしょ?」

「そうだな。あの飛竜はとても強いが、旧大陸から飛んできたんだ。疲れるだろう」

「そうそう。最後の方はご飯も食べられてなかったし」

「ご飯はどうしてたんだ?」

「えっとね――」


どうやら、一応ジゼラは魔法の鞄《マジック・バッグ》に水と食料を入れていたらしい。

自分の分と飛竜の分だ。

空を飛びながら、自分も食べつつ、飛竜にも食べさせていたようだ。

だが、思ったより飛竜が食料と水を消費したらしい。

飛んで移動することでエネルギーを使ったのだから当然だ。


「だから最後の一日半ぐらいは……ご飯も水もなくなって」

「それはきついな」

「うん。飛竜にもかわいそうなことをした」

ジゼラは反省しているようだった。


「それで、森の中に降りて、食料を探したんだ」

「この辺《あた》りは結構食料は豊富だろう？」

「うん。でも、美味《おい》しそうな赤苺《レッドベリー》があったからパクパク食べたら、お腹《なか》が痛くなって」

「…………引っかかるのが早いな」

新大陸に上陸してすぐに、毒赤苺に引っかかるとはかわいそうな奴である。

そんなジゼラにケリーが尋ねる。

「ジゼラ。ちなみにだが、……何個ぐらい食べたんだ？」

「個数なんて覚えてないよ。でも、このぐらい？」

そう言って、ジゼラは手で〇・三メトルぐらいの円を空中に描く。

「…………そんなに食べたのか」

「とてもお腹が空いているときに、沢山の赤苺を見つけたから。それに、一つ食べたらすごく美味しかったから」

「そんなにうまいのか？」

「うん。今まで食べた赤苺よりずっと美味しかった」

「ヴィクトル。そうなのか？」

「確かに非常に美味しい赤苺でしたよ」

毒なのにうまいとは、この上なくたちが悪い。

「沢山食べてたら、飛竜が猪を咥《くわ》えて戻ってきて、飛竜にも赤苺を上げようとしたら……」

「めちゃくちゃお腹が痛くなったと」

「そうなんだ。すぐに熱も出てくるし。吐き気もあるしお腹も痛いし――」

ジゼラは地面にうずくまって苦しんだという。

そんなジゼラを見て、飛竜はオロオロとするばかりだった。

だが、栄養のあるものを食べれば元気になるのでは？　と思った飛竜は猪をブレスで焼いて急いで調理してくれたのだという。

血抜きもしていないし、内臓の処理もしていない。

「……それでも、飛竜がせっかく作ってくれたからね。飛竜と一緒に肉を食べたんだ」

「お腹が痛いのに、肉を食べたのか」

「……うん。美味しかった」

「それならいいが……」

「で、それはいいんだけど、肉を食べてたら、その焼いた肉の匂《にお》いに引きつけられたのか。ボアボアが来たんだ」

そして、ジゼラはボアボア親子に出会ったのだった。


それを聞いたケリーが首をかしげる。

「ジゼラ。そのボアボアっていうのが、キマイラなんだろう？」

「そうだよ」

「戦闘にならなかったのか？」

「ならなかったよ。ボアボアはとても大人しくて人なつこいんだ」

「ふうむ。こちらのキマイラは友好的なのか。スライムと同じじゃか」

旧大陸のスライムは非常に凶暴で好戦的で、従魔にするなど不可能だ。

だが、ピイとその仲間たちは、とても可愛《かわい》く、人なつこくて心優しく大人しい性格なのだ。

大陸が違えば、同じ種族でも全く性質が違うこともありうるのは間違いない。


「それでボアボアたちもお腹が空いていそうだったから、一緒にお肉を食べたんだ」

「猪の肉をか？」

「そうだよ。それがどうしたの？　テオさん」

「いや、何でもない」

その様子を見たら、十人が十人とも共食いだと思うだろう。

「まあいいけど。で、お腹が痛くて苦しんでるぼくを見て、ボアボアが巣に誘ってくれたんだよ」

「気の利《き》くイノシ、いや魔獣だな」

俺は猪と言いかけて、やめた。

ボアボアがキマイラか猪か、今ここで議論しても仕方ないからだ。

「その巣が、テオさんの見つけてくれたあの洞穴だよ」

「雨風をしのげるから、よさそうだな」

「うん。そうなんだ」

「ちなみにそれは何日前だ？」

「三日かな？」

「三日もあの洞穴で苦しんでいたのか……大変だったな」
「大変だった」

27 ボアボアが怪我した経緯

Hennaryu to moto yuusha party zatsuyougakari shintairiku de nonbiri slowlife

疑問点はまだある。

「で、どういう状況でボアボアが怪我《けが》したんだ？」

魔熊《まくま》モドキの亜種《あしゅ》みたいな奴《やつ》と戦って大怪我をしたとジゼラは言っていた。

そして、その敵はジゼラが倒したとも。

「飛竜《ひりゅう》とボアボアがご飯を運んでくれたんだけど」

「ふむ」

「昨夜、ボアボアが狩りに出た後、悲鳴が聞こえたんだ」

「ボアボアの？」

「そう。ボアボアの。大変なことが起こったと思ってぼくが走って向かうと、ボアボアが強い敵にやられて大けがしてたんだ」

「強い敵っていうのはどういう奴だった？　詳《くわ》しく聞きたい」

残された角を鑑定したことで、魔熊モドキの亜種だとはわかっている。

だが、実際に戦った者から詳しく聞くことでわかることもあるはずだ。

「あ、ちなみに、その強い敵の角がこれだ」

そう言って、俺《おれ》はヴィクトルやケリーたちの前に魔熊モドキの亜種の角を置く。

「その角の空洞部分に毒が入っていたらしい。触るときは気をつけてくれ」

「わかりました」

「気をつけよう」

ヴィクトルが慎重《しんちょう》にその角を手に取り、ケリーと一緒に観察を始める。


「それで、ジゼラ。続きを頼む」

「えーっと」

思い出しながら、ジゼラは語っていく。


身長三メトルほどの人型で、身体《からだ》全体が濃い茶色い靄《もや》のようなものに覆《おお》われていたらしい。

濃い茶色で覆われているというのは、俺とヒッポリアスたちが戦った魔熊モドキと同じだ。

だが、俺たちが戦った奴の身長は三・五メトルぐらいあった。

ジゼラが戦った奴の方が、背は低かったらしい。

だからといって、弱いというわけではないだろう。

角と毒を持っているのだ。戦うとなると厄介《やっかい》だ。

「全身が茶色いから、ぱっと見、熊っぽいんだよな」

「あんな熊はいないよ。いや、あれは生き物じゃない」

ジゼラは真面目《まじめ》な表情で言う。

「そうだな」

魔熊モドキには動いている状態で鑑定スキルが効《き》いた。

だから生き物じゃないのは間違いない。

だが、鑑定スキルもないのに、直感で生き物じゃないと見抜いたジゼラはさすがとしかいいようがない。


「俺とヒッポリアスとフィオとシロで似たような奴と戦ったことがある」

「そいつは強かった？」

「強かった。外見だけでいうと、皮を剝《は》がされた人に似ていた」

「確かにそうかも。でも雰囲気は生物とは別ものだった。アンデッドとか魔神に近いかも」

そう言った後、興味津々《きょうみしんしん》な様子でジゼラが尋ねる。

「で、テオさんはどうやって倒したの？」


俺は簡単にどうやって戦ったかを説明する。

それは、ヒッポリアスがいかに活躍したか、フィオとシロがどれだけ勇敢だったかの説明になる。

ついでにシロや子魔狼たちのことも紹介しておいた。

「ヒッポリアスは強いんだねえ。竜の中でも強い方だよ」

「きゅお」

「それにフィオもすごいね」

「えへへ」

「シロは……まだおねむかな」

シロは子魔狼《こまろう》たちと一緒に気持ちよさそうに眠っている。

シロはまだ子供、それに子魔狼は赤ちゃんだ。

必要な睡眠時間は長いのだ。

「それにしてもシロ、クロ、ロロ、ルルは可愛《かわい》いねぇ」

「ああ、ものすごく可愛い」

「かわいい！」

フィオも自慢げだ。


脱線した話を戻そうと、ヴィクトルが言う。

「あの、ジゼラさん、テオさんがヒッポリアスさんと力を合わせてやっと倒したという、その化け物をどうやって倒したんですか？」

「普通に、剣で斬《き》っただけだよ」

勇者というのは本当に反則級に強い。

それこそ存在がチートのようなものだ。

「ジゼラ。今は剣を持っていないように見えるが……」

「うん。一刀両断したときに折れちゃった。敵と相打ちだね」

「それは、運がよかったな」

最後の攻撃の前に折れていたら、ジゼラでも苦戦していただろう。

「でも、折れた刀身を魔法の鞄《マジック・バッグ》に入れてあるんだ。テオさん。後で直して」

「それは任《まか》せろ」

壊れた武具防具の修復は俺が勇者パーティーにいたときの主要な仕事の一つだ。


ジゼラは魔法の鞄をまさぐって、折れた剣を取り出した。

「うん。綺麗《きれい》に折れている。すぐ直せるぞ」

「さすが、テオさん。出発する前に買った剣で、すごく気に入ってるんだ」

そう言ってジゼラは微笑《ほほえ》んだ。

「ところで、ジゼラ、聖剣は?」

「役職と一緒に国に返還したよ」

「それはそうなるでしょうね。聖剣は勇者にしか扱えませんが、所有者は国、いや王家ですから」

「大丈夫《だいじょうぶ》。ぼくは聖剣がなくても強いからね!」

ジゼラは元気に胸を張った。

そんなジゼラの手にヒッポリアスがじゃれつく。

まるで、力比べをしようと言っているようだ。

それを感じ取ったのか、ジゼラは
「うりうり～。ぼくはヒッポリアスよりも強いぞ～」

「きゅおきゅお！」

ヒッポリアスはジゼラの右腕に甘噛《あまが》みをする。

そして、ジゼラは右腕でヒッポリアスをころころ器用に転がしていた。


「ヒッポリアス。ジゼラはお腹《なか》が痛いから、遊ぶのは後でな」

「きゅお？」

ヒッポリアスは「こいつ腹痛くなさそうだけど？」と言いたげだ。

「元気に見えるだけだよ。毒赤苺《ポイズンレッドベリー》を大量に食べたらしいからな」

「きゅおぅ……」

「ん？　薬飲んだからもうお腹痛くないよ？　熱もないし」

「………本当にどういう身体をしているんだ。学者として興味があるぞ」

「えへ、えへへへ」

「照れるな。別に褒《ほ》めてない」

そして、ケリーはフィオとイジェに、ゆっくりと言い聞かせる。

「いいか？　このジゼラは特別な訓練を受けているんだ」

「とくべつなくんれん？」

「スゴイ」

「だから、これ美味《おい》しいよと言われても、知らないものならばけして口にしてはいけない。三日三晩苦しむことになる」

「こわい」

「キをツケル」

フィオとイジェはうんうんと頷《うなず》く。


「ケリーもひどい目にあったのか？」

「も、ってことは、テオもか？」

「いや、俺には鑑定スキルがあるからな。引っかかったのは賢者リリアだな」

俺は知らないものを食べる前には必ず鑑定スキルをかけることにしている。

勇者パーティーに入る前に身につけた習慣というか癖《くせ》のようなものだ。

だが、ジゼラは試しに口に入れるという赤ん坊のような癖がある。

それで今回の毒赤苺のようにジゼラがお腹を壊すこともあった。

それでも、お腹を壊すならまだましだ。

みんなから「いい加減にしろ。犬でももう少し考えるぞ」とか言われるだけだからだ。

だが、たまに毒を食べてもお腹を壊さないときもある。

それが厄介なのだ。

ジゼラに「これ美味しいよ」と言われて口にして、お腹を壊す仲間がたまにいる。

ケリーもそれに引っかかったのだろう。

「三日三晩、上からも下からもいろんなものが出続けて、三日ですごく痩《や》せたよ」

「……それは辛《つら》かったな」

「ああ」

ケリーは遠い目をしている。

「あれで反省したから、ぼくはもう人には勧めないよ？」

「まあ、三日三晩、ジゼラは寝ずに看病してくれたからな」

ジゼラとケリーはそんなことを言って和《なご》んでいる。

悪いだけの思い出というわけでもなさそうだった。


そんなジゼラにヴィクトルが言う。

「ジゼラさん。ところで、その魔熊モドキを倒した後のことを聞かせていただいても？」

話が脱線しすぎたので、再びヴィクトルが戻してくれたのだ。

「そうだった。剣で真っ二つにして、その魔熊モドキとやらを殺したんだけど……ボアボアはもう魔熊モドキにやられた後だったんだ」

おそらくボアボアは自分の子供と病人のジゼラを守るために戦ったのだろう。

そして、重傷を負ったのだ。

傷を負って叫《さけ》んだのは、危険を知らせて、ジゼラたちを逃がそうとしたに違いない。


「ボアボアは角を腹に刺されていたな」

「うん。そう。沢山《たくさん》血が出ていたから、慌てて傷薬をかけて、担《かつ》いで巣に連れていったんだけど、血が止まらなくて」

どうやら、あの巨大なボアボアを担いだらしい。

普通なら信じられないことだが、ジゼラならやれると思う。

「血液凝固《ぎょうこ》を阻害《そがい》する毒だからな。傷薬では血は止まらないんだ」

「解毒ポーションも傷薬も全部使ったんだけど……」

「効果のある解毒ポーションは毒ごとに違うからな」


持っている解毒ポーションが効くとは限らないのだ。

だから、俺も勇者パーティーの荷物持ちをしていたときは、解毒ポーションはほとんど所持していなかった。

その代わりに材料を持っておいて、その場で作り出して使っていたのだ。

「それでも、なんとか俺がたどり着くまでボアボアが死なずにすんだのは、傷薬のおかげだろう」

「ボアボアは特に強い魔物だから。そのおかげだと思う。ぼくは特に何もできてないよ」

「まあ、ボアボアの強さもあるだろう。だがジゼラの処置がなかったら死んでたと思うよ」

「そっか、それならよかったよ」

ジゼラは嬉《うれ》しそうに微笑む。

「それからは、看病しながら洞穴《ほらあな》の中で？」

「うん。そうだよ」

「ボアボアが大けがしたのは、昨夜という話しだが、それは夜の始めか真夜中か未明か、どのあたりだ？」

「ボアボアは真夜中に洞穴を出て、未明に悲鳴が聞こえたよ。魔熊モドキを倒したとき、東の空が赤かったからね」

「なるほどな。畑でぬたうったのは、やはりボアボアだったのかもな」

狩りをしている途中で、ぬたうつのにちょうどいい畑を見つけて、ぬたうったのかもしれない。

そして巣に戻ってきて、魔熊モドキに会ったのだろう。

「どういうこと？」

「ああ、それはだな」

俺は畑が荒らされた事件について、ジゼラに説明した。

「ボアボアなら、やめてくれって言えば、もうぬたうたないだろうし、種植えをしてもいいかもな」

「タネウエ！　タノシミ」

「そうですね。今日はもう遅いので、明日は朝からやりましょうか。イジェさん、どう思いますか？」

「ウン！　ソレガイイ」

イジェは嬉しそうにヴィクトルに返事をした。

豆の種植え作業は明日から再開できそうだった。

28 ボアボアの巣に戻ろう

俺《おれ》は少し考えて、ヴィクトルに言う。

「ヴィクトル。俺は今夜はボアボアのところに泊《と》まろうと思う」

「……そうですね。治療したとはいえ重傷だったんですから、それがいいかもしれません」

拠点に戻ってきたのは、食中毒で苦しんでいるジゼラを運ぶためだ。

定期連絡の意味もあるが、それはメインではない。

「ジゼラは元気そうだし、毒赤苺《ポイズンレッドベリー》の治療は、治癒術師も慣れているし。薬を渡しておけば大丈夫《だいじょうぶ》だろう」

「そうですね」

「ジゼラも大丈夫か？」

「うん、大丈夫。ありがと」

俺はイジェとフィオとシロの頭を撫《な》でる。

「ジゼラを頼む」

「わかた！」

「マカセテ」

「わふ」

「子魔狼《こまろう》のことも頼んだ」

「マカサレタ」

「こまろ、だいじょぶ」

「わふわふ」

イジェもフィオも、シロも心強い。


「ヒッポリアスとピイは付き合ってくれ」

『わかった』

「ぴいい」

そして、俺は毒赤苺の解毒ポーションを多めに作って、ジゼラの魔法の鞄《マジック・バッグ》に入れる。

その作業中に声をかけられた。

「テオ」

「どうした、ケリー」

「私も行こう」

「ケリーも来てくれるのか」

「うむ。重傷のボアボアの治療ならば、私の知識が役に立つかもしれないからな」

「それはありがたいが……。いいのか？　洞穴《ほらあな》の中で泊まることになるぞ」

「それがどうした。それは私の日常だ」

「魔獣学者ならそうかもな」

「屋根があるだけ、上等だよ」

魔獣学者は冒険者に似ているのかもしれない。

「それじゃあ、ケリーも来てくれ」

「うむ。少し準備をしてくる！」

そう言って、ケリーは走って出ていった。

いろいろと道具が必要なのだろう。


五分足らずでケリーは戻ってきたので、俺たちも出発する。

ヒッポリアスの家を出ると、俺はケリーとピイと一緒にヒッポリアスの背に乗った。

「ふむ。ヒッポリアスの背の乗り心地は悪くないな」

そんなことを言いながら、ケリーはヒッポリアスの背を撫でまくる。

「きゅお？」

「うん、ケリーのことは気にせず出発してくれ」

ヒッポリアスは勢いよく洞穴へ向けて走り出した。

「きゅおきゅおきゅおきゅお！」

「ヒッポリアス、ゆっくりでもいいんだからな」

ヒッポリアスが、元気に勢いよく走るので、首を優しく叩《たた》いてなだめておく。

『ひっぽりあすはだいじょうぶ！　つおいから』

「そうかそうか。ヒッポリアスは強いものな」

『うん！』


ヒッポリアスが張り切ってくれたおかげで、あっという間に洞穴前に到着した。

「この洞穴がボアボアの巣か」

「そうだ。ちょっと待ってくれ」

俺は洞穴の中に入る前に呼びかける。

「ボアボア！　テオドールだ。中に入るぞ」

「……ぶぼ」

入っていいと中から返事があった。

「ケリーとヒッポリアスはここで待っていてくれ。ボアボアに話を通してくる」

「わかった。任《まか》せる」

「きゅおきゅお」


俺はピイだけ連れて、洞穴の中へと入っていく。

魔道具の明《あ》かりをつけるのを忘れない。

少し奥に入って曲がると、広くなっており、ボアボアが横になっていた。

そのボアボアの近くに子供と飛竜《ひりゅう》が寄り添《そ》っている。

「ボアボア。具合はどうだ？」

「ぶぼ」

ボアボアは大丈夫《だいじょうぶ》と言っている。

だが、怪我人《けがにん》、いや怪我獣の大丈夫はあまりあてにできない。


そのとき俺の肩からピイが降りて、ボアボアの体に触れた。

そして腰の辺《あた》りを覆《おお》った。

「ぴいっ！」

「ぶぼ」

どうやらマッサージをして、怪我の治りを早くしようとしてくれているらしい。

ボアボアも気持ちがいいとお礼を言っている。

「ボアボア。痛みはどうだ？」

「ぼぼぼ」

「ましになったか。それならいいんだが」

「ぶぼ」

「ああ、気付いたか。実は俺の仲間であるケリーという魔物に詳《くわ》しい奴《やつ》とヒッポリアスという子供の竜も来ているんだ」

「ぶい」

中に入ってもらってくれと、ボアボアは言う。

「ありがとう。少し待っていてくれ」


俺は一度外に出て、ケリーとヒッポリアスを呼びにいく。

そして、小さくなったヒッポリアスを抱いて、ケリーと一緒に中へと入る。

「ボアボア。飛竜、そして、ボアボアの子供」

「ぶぼ」

「があ」「ぶぼぼぉ」

「この人がケリーだ。魔物に詳しい。怪我の具合を見てもらうために来てもらった」

飛竜とボアボアの子供は、ケリーの匂《にお》いを嗅《か》ぎにいく。

「ケリーだ。よろしく頼む」

ケリーも思う存分匂いを嗅がせている。

「ぶぼぼ」

一方、怪我で動けないボアボアは礼儀正しく、よろしくと言っていた。

「そして、この子がヒッポリアス、竜の子供だ」

「きゅお！」

俺に抱かれているヒッポリアスは尻尾《しっぽ》をぶんぶんと元気に振る。

ヒッポリアスがボアボアたちの匂いを嗅ぎたそうにしているので、地面に降ろした。

「きゅおきゅお」

「ぶぼぼぼ」「があ」「ぼぼ」

ヒッポリアスは臆《おく》することなくボアボアたちと挨拶《あいさつ》していた。

「ケリー。ボアボアの怪我の具合を見てやってくれ」

「ああ、わかっている。ボアボア。怪我を見せてくれ」

「ぶぼぉ」

ボアボアはお腹《なか》の怪我をケリーに見せるために体を動かす。

「ありがとう……。うん、血は止まっているな」

「ぼぼ」

ボアボアは俺の薬のおかげだと言ってくれた。

29 ボアボアの治療

Hennaryu to moto yuusha party zatsuyougakari shintairiku de nonbiri slowlife

ケリーは続いてボアボアの熱を測ったり、目を見たり、口の中を見たりといろいろする。

「毒がまだ残っているかもしれない」

「解毒ポーションを作ろう」

「頼む」

俺《おれ》は魔法の鞄《マジック・バッグ》から解毒ポーションの材料を出していく。

「テオ、解毒ポーションの他に飲める傷薬ポーションは作れないか？」

「飲める傷薬ポーションとは？　傷薬は塗ったりかけたりするものだが……」

「いやなに、内臓が傷ついているからな……なんとかならないかと」

「ふむ。確かに、内臓も傷ついているだろうな」

ボアボアは魔熊《まくま》モドキの角を腹《はら》に刺されたのだ。

そして毒を送り込まれた。

「体の中も一応解毒ポーションと傷薬で洗ってはいるが……」

内臓の内側も傷がついていると言われたら、まあそうだろう。

「まあ、作れるものなら、作ってやりたいが、さすがに難《むずか》しいかな」

「テオでも難しいか。なら仕方ないな」

「ああ、すまない。口に入れるものは、特に慎重《しんちょう》にならないといけないからな」

知識のない状態で口に入れるものを作るのは恐ろしい。

ちょっと失敗するだけで、命に関《かか》わる。

「まあ、塗る系の薬も危険はあるが……」

俺は昔錬金術師のところで修業して、薬の知識を手に入れたのだ。

そこで得た知識で、傷薬や解毒ポーションも作っている。

「とりあえずは、解毒ポーションを作っておこう」

とはいえ、ボアボアを治療してから数時間しか経《た》っていない。

治療の際には解毒ポーションを飲ませている。

「少し弱めに作ることにしよう」

「ぶぼ」

ボアボアは「弱くなるなら、苦さと臭《くさ》さもましになるの？」と聞いてくる。

「残念ながら、軽くなるのは体への負担だけだ。苦さも臭さも変わらないぞ」

「……ぶぼ」

ボアボアは見るからにしょんぼりしている。

俺はそんなボアボアの頭を撫《な》でた後、解毒ポーションの製作に入る。

改めて薬草の鑑定から行って、製作スキルで一気に解毒ポーションを作った。

完成したら、改めて解毒ポーションの鑑定を行い成功していることを確認する。

「よし、できた。ボアボア、ものすごくまずいがこれを飲んでくれ」

「ぼぼお」

ボアボアは一生懸命、まずい解毒ポーションを飲む。

「ボアボアは偉いな」

「ぴい！」

ピイもボアボアを褒《ほ》めるように、その腰の上でプルプルと振動していた。

「飲める傷薬ポーションは無理だが……。まあ胃薬みたいなものなら作れる」

胃薬ポーションは、昔作り方を教えてもらっているので作れるのだ。

俺は素早く胃薬ポーションを作ると、ボアボアに飲ませる。

「ぶぼぼ」

「お礼なんていいさ。ボアボアは俺の仲間、ジゼラを助けてくれたんだ。恩返しみたいなものだよ」

「ぶぼ」

解毒と胃薬のポーションを飲んで、少し楽になったのか、ボアボアは眠そうにする。

「ボアボア。寒くないか？」

ケリーがボアボアを撫でながら尋ねる。

「ぶぼぼ」

「少し寒いみたいだ」

「そうか。ならばこれを使うといい」

ケリーは持ってきた荷物の中から、大きな布を取り出すと岩の上に敷く。

「ボアボア。この上に乗るといい。毛皮があるとはいえ岩は体温を奪うからな」

「ぶぼ」

お礼を言って、ボアボアは布の上に乗る。

すると、ケリーはさらに大きな毛布《もうふ》を取り出して、ボアボアにかけた。

「これでよしと。寒さはかなりしのげるはずだ」

「ぶぼぼあ」

「体温を維持するために体力を使うからな。怪我《けが》をしているときは、大人しく温《あたた》かくしてゆっくりするといい」

「ぼぼあ」「ぶぶぼ」

ボアボアと一緒にボアボアの子供もケリーに向かって鳴いた。

「ケリー。ボアボアたちがありがとうと言っているぞ」

「お礼など不要だよ。したくてやっているだけだからな」

そう言って、ケリーはボアボアの側に座《すわ》るとゆっくりと撫でる。

ボアボアの子も毛布の中に入って、親に寄り添《そ》っていた。


日の光の入らない洞穴《ほらあな》の中だからわからないが、そろそろ日が沈む頃だ。

「ボアボア。まぶしかったら言ってくれ。少し離れる」

今は俺の魔道具の明《あ》かりによって明るくなっている状態なのだ。

「ぶぼ」

ボアボアはまぶしくないし、そのままでいいと言ってくれる。

人間である俺としては、真《ま》っ暗《くら》だと不便なのでとても助かる。

「そうか。まぶしいと思ったら、いつでも言ってくれ」

「ぶぼあ」


しばらく経つと、ボアボアは寝息を立て始める。

薬を飲んで楽になったのなら、嬉《うれ》しい。

すると、ボアボアの背中辺《あた》りに乗っていたピイが毛布から出てくる。

「マッサージしてくれてありがとうな」

「ぴい」

俺が小声でお礼を言うと、ピイも小声で返事をする。

そしてプルプルした後、部屋の隅の方へ行った。

そちらには、ボアボアの食べ残しが散乱している。

そのせいで、洞穴の中はかなり臭かったのだ。

「ぴぃ？」

「がお」

「ぴぴぃ」

ピイは飛竜に、掃除していいか聞いたのだ。

そして、飛竜はもちろんいいよと返事をした。

「ぴぃぴぃ」

ピイは食べ残しを綺麗《きれい》に掃除していく。

相変わらずすごい勢いだった。

30 飛竜の思い

悪臭の元を取り除いても、臭《にお》いはそう簡単に消えない。

だが、形状のおかげなのか、どこかに向こうへと通じる穴が開いているのか、洞穴《ほらあな》の中には空気が流れている。

そのうち、臭いは消えるだろう。

洞穴内部を素早く綺麗《きれい》にしたピイは俺《おれ》のところへ戻ってくる。

「ありがとう。綺麗にしてくれて」

俺はピイを抱き上げた。

「ぴい」

ピイは嬉《うれ》しそうにふるふるする。


俺はピイを抱っこしたまま、少しボアボアから離れた場所に魔道具の明《あ》かりとともに移動した。

洞穴の中の曲がった部分の入り口側、外が見える位置である。

ボアボアは明るいままでいいとは言ってくれた。

だが、日の当たらない洞穴に巣を作るぐらいだ。

恐らくボアボアは暗《くら》い方が落ち着くのだと思ったのだ。

俺は外が見える位置に毛布《もうふ》を敷いて腰を下ろす。

「もう夜だな」

「きゅお」「ぴ」

ヒッポリアスとピイが俺のひざの上に乗って、一緒に外を眺める。

「ヒッポリアスもピイも、お疲れさま」

「きゅぅ」「ぴぃ」

洞穴の外から新鮮な空気が入ってくる。

こちらには食べ残しが放っていた悪臭も届かない。

すると、飛竜《ひりゅう》が奥からこちらに来た。

そして、俺に寄り添《そ》うように、その大きな体を横たえる。

「がお」

「飛竜も外を見に来たのか」

「がぅお」

しばらく、飛竜とヒッポリアスとピイと一緒に外を眺める。

別にいい景色というわけでもない。

洞穴の外は少しだけ広い空間が広がっている。

だが、その周囲はうっそうとした森なのだ。

見えるのは木々《きぎ》と夜の空だけ。

「飛竜もジゼラに付き合ってくれてありがとうな」

「がぁ」

飛竜は俺に会いたかったからと言ってくれている。

「俺も久しぶりに会えて嬉しいよ」

「がぁ」

「だけど、飛竜も忙《いそが》しいんじゃないか？」


飛竜は年を経た、竜の中でも立派な竜だ。

地元では竜たちのリーダー、王なのである。

最強である竜の王は、魔物の頂点と言ってもいい。

つまり、地元では魔物たちの王と呼ばれるべき存在なのだ。


「がぁあ」

「ふむ。子供が立派に成長したのか」

飛竜がいなくても、子供たちがしっかりと秩序を守ってくれるらしい。

だから飛竜は遊ぶ余裕もあるようだ。

「がぁ」

「飛竜だってまだ若い者には負けないだろう。隠居には早いさ」

「ががが ぁ?」

「いや、俺は隠居ではないよ。隠居しようとしていたのは間違いないけどな。こちらでのんびり働いているさ」

「がぁ」

「褒《ほ》めてくれてありがとう。飛竜もどうだ？　こっちで一緒に暮らすか？　家なら俺が作るぞ」

「がっがぁ」

「ふむ。そうか。帰るか」

飛竜は、ここに来たのは旅行のようなものだという。

別に急いではいないが、地元には帰らないといけないらしい。

「ががっがぁ」

「……それはめでたい。本当に若いんだな」

「がぁ」

飛竜は照れている。

近いうちに飛竜のつがいの雌竜《めすりゅう》が卵を産むのだという。

近いうちと言っても、竜基準である。

産まれるのは数ヶ月後か、数年後か、もしかしたら数十年後かもしれない。

「それなら確かに隠居している場合じゃないな」

「があ」

「ああ、開拓が落ち着いたら、必ず飛竜の住処《すみか》に遊びにいかせてもらうよ」

「がっが？」

「俺に子供の名前を付けてほしいのか。……うーん。俺が名を付けると従魔になるぞ？」

「が！」

「構わないって、竜の王の子が従魔だと、舐《な》められないか？」


飛竜に名前を付けなかったのも、従魔になって舐められることを防《ふせ》ぐためだ。

社会性のない魔物たちならば、そういうことはない。

だが、飛竜たちには人とは違う形の社会がある。

高度な竜の社会において、王が人の従魔というのはいかがなものかという意見は根強いのだ。

「ががあがあ」

「そうか。飛竜が気にしなくていいというなら、そうなんだろう」

「があ」

「わかった。飛竜の子が望んだら、名前を付けて従魔にしよう」

「がっがあ」

飛竜はとても嬉しそうに体を揺らす。

「ががうがあ」

「そうか。ありがとうな。わざわざ教えに来てくれて」

飛竜はジゼラに乗せてくれと頼まれたときに、子供が産まれることを俺に教えたくなったのだという。

「があ」

飛竜は俺の背中に体を優しく押しつける。

もたれろと言ってくれているのだ。

「ありがとう」

「があ」

俺は飛竜の大きな体にもたれて、ヒッポリアスとピイを抱いて眠りについたのだった。

朝ご飯の準備

俺《おれ》が目を覚《さ》ましたとき、洞穴《ほらあな》の外が明るくなっていた。

眠りについたときと同じく、飛竜《ひりゅう》の大きな体によりかかっている状態だ。

飛竜の体は温《あたた》かく、そしてほどよく硬くてもたれ心地がいい。

「ぶぃぶおぉ」

そして、ボアボアの子供が俺のお腹辺《なかあた》りに鼻先を押しつけて匂《にお》いを嗅《か》いでいた。

「どうした、ボアボアの子供。お腹でも空いたのか？」

「がお」

飛竜がご飯を取ってきてくれるという。

「いいのか？」

「がおがお」

「ありがとう」

飛竜はゆっくりと起き上がると、洞穴の外へと向かう。

そして、空へと飛び上がった。

「相変わらず、速いなぁ」

この速さで、ジゼラを乗せて旧大陸から渡ってきたのだ。

「飛竜に乗れば、新大陸の上空から、様子を探れるかもな」

地質学者も気候学者も大喜びしそうだ。

だが、大陸を一回りするとなると、数日では済まないだろう。

数週間、いや数ヶ月はみた方がいい。

新大陸が小さかったら、あっという間だろうが、それはなさそうだ。


「飛竜は帰らないとだからな」

近いうちに卵が産まれるのだから、数ヶ月も拘束できない。

俺がお願いしたら、飛竜は優しくて義理堅いから、協力してくれるかもしれない。

だからこそ、俺からは協力を頼めない。

飛竜には飛竜の都合があるのだから。

俺たちはゆっくりと、着実に調査を進めるべきだろう。

そのうち、こちら側で高速で空を飛べる魔獣と協力関係になれることもあるかもしれない。


「ぶぃぶぃ」

「ボアボアの子は元気だな」

「きゅおきゅお」

ヒッポリアスもボアボアの子供と一緒に俺のお腹に鼻をくっつけている。

そんなヒッポリアスとボアボアを撫《な》でていると、ピイが俺の頭を揉《も》んでくれていた。

「ありがとう。ピイ」

「ぴぴい」

頭の凝《こ》りがとれて、目がすっきりする。

それから、ボアボアの子供の背中の上にピイは移動する。

「ぴい」

「ぶぃ？」

「ピイはノミを取ってあげたいようだ。構わないか？」

「ぶぶい」

ボアボアの子供がいいよと言うので、ピイはノミを取り始める。

ノミを取るというよりも捕食《ほしょく》しているといった方がいいのかもしれない。

端から見ているとマッサージしているようにしか見えない。

ボアボアの子供も「ぶぅ〜ぃ」とか、気持ちよさそうな気の抜けた声で鳴いていた。

「ピイ。ボアボアにもノミはいたのか？」

『いた』

「そうか。野生だとどうしてもいるよな」

『うん』

昨日、ボアボアにマッサージした際にもノミを取ったりしてあげていたのだろう。


しばらく、ピイのノミ取りを見守っていると、

「がぁう！」

飛竜が帰ってくる。

「ブギィ！」

飛竜が口に咥《くわ》えているのは猪《いのしし》だ。

正直、ボアボアやボアボアの子供に似ている。

猪の鳴き声を聞いたケリーが奥から出てくる。

「お、飛竜。猪を獲《と》ってきてくれたのかい？」

「がう」

「本当に飛竜はいい子だな」

そんなことを言いながらケリーは飛竜を撫でている。

「飛竜、今のうちに猪を絞《し》めよう。いいか？」

「がう」

飛竜が任《まか》せるというので、俺は短剣で猪にとどめを刺した。

「があう」

飛竜は猪の後ろ足を掴《つか》んで逆さに吊《つる》す。

血抜きをするためだ。

あふれ出す血は、ピイが素早く受け止めてくれるので汚れない。

血はきちんと処理しないと、肉食の獣を呼び寄せることになる。

飛竜もボアボアも強いので、その心配は少ないかもしれない。

だが、きちんと処理するのが、長年冒険者をやっていた俺の習慣なのだ。

きちんと処理しないと、モヤモヤしてしまう。


「テオ、ちょっといいかな?」

「どうした?」

「飛竜に血を抜いた方がうまいのか聞いてくれ」

「どうなんだ?　飛竜?」

「があう」

「血抜きした方がうまいらしいぞ」

「ほほう」

嬉《うれ》しそうにケリーはメモを取り始める。

『ひっぽりあすも!　ちぬきしたほうがうまい!』

「ヒッポリアスも血抜きした方がうまいらしいぞ。ボアボアの子供はどうだ？」

「っぽ？」

「ボアボアの子供は血抜きを知らないらしい」

「なるほど、そうなのか。まあ体の構造を考えても難《むずか》しそうだものな」

ケリーはうんうんと頷《うなず》いている。

ジゼラが言うにはボアボアは猪ではないらしいが、見た目も、体の構造もほぼ猪である。

飛竜のように手を使えない魔物は、自力で血抜きするのは難しいだろう。

「血抜きした肉を後で食べてもらうから、そのときにどっちがうまいか教えてくれ」

「ぶぼぼ」

ボアボアの子供も楽しみなようだ。

よだれが垂れているほどだ。

「ちなみにピイは？」

『どっちもすき』

「そうか」

『にくもうまい。ちもうまい』

「ピイは何でも好きだな」

『うん！　ちぬき、ぴいがてつだう？』

「ん？　頼めるか？」

「ぴぃ！」

ピイはぴょんと猪の傷口に飛びついた。

そして、血を吸っているようだった。

「こうしていると、やはりスライムって感じがするな」

ケリーがうんうんと頷いている。

「そうだな。旧大陸のスライムは血を吸いながら肉を溶かすけどな」

旧大陸でのスライムは、非常に恐ろしい魔物なのだ。

32 猪の解体

ピイが頑張《がんば》ってくれたおかげで、あっという間に血抜きが終わる。

「ありがとう。ピイ」

「ぴっぴい！」

「飛竜《ひりゅう》、もう少し、そのまま持っていてくれ」

「がう」

飛竜に吊《つる》されたままの猪の皮も綺麗《きれい》に剝《は》ぐ。

「これは後で鞣《なめ》して使おう。服にも敷物にも使えるからな」

「そういえば、気候学者もイジェも、この辺《あた》りの冬は寒さが厳《きび》しいと言っていたな」

「ああ、まだ暖かい間に冬の備《そな》えはしておかないとな」

冒険者たちも学者たちも防寒具を持ってきてはいる。

だが、持ってこられる荷物には限りがあるので、最低限だ。

「猪を狩るたびに、皆が皮を剝いでくれているとはいえ、多分足りないよな」

ケリーも真剣な表情で考えている。

「この辺《あた》りで綿《わた》のようなものが採れたら、テオのスキルでなんとかなりそうだが」

「野生の綿がないか、イジェに聞いてみるか」

「それがいい」

「……そもそもイジェたちは、どのように冬を凌《しの》いでいたのだろうな」

「イジェには自前の毛皮がある分、私たちより寒さには強いはずだ」

「……それはそうだな」

もしかしたら、今は夏毛で、冬に近づくともっとモフモフになるのかもしれない。


そんなことを考えているとケリーが言う。

「いいなあ、テオは」

「何がだ？」

「イジェと一緒に暮らしているから、抱きついて寝たら、冬も温かいだろう？」

「そういう意味か。イジェに抱きついて寝るかはともかく、シロたちがいるからな。モフモフには困らないな」

「……本当にうらやましいよ」


猪の皮を剝ぐ作業中の俺《おれ》の足元にヒッポリアスがまとわりつく。

「きゅお！」

ヒッポリアスも寝るときに抱っこしてほしいらしい。

「ヒッポリアスも温かいよな。冬は一緒に寝ような」

「きゅおきゅお！」

嬉《うれ》しそうに尻尾《しっぽ》を振るヒッポリアスをケリーが抱き上げる。

「この前も話したが、ヒッポリアスは、寒さにはどのくらい強いんだ？　テオはどう思う？」

「きゅうお！『つめたいのへいき！』」

「ヒッポリアス自身は、寒さには強いと言っているな」

「ふむ。確かに脂肪は分厚そうだが……」

「ケリー。ヒッポリアスには毛がないだろう？　やっぱり毛がない動物って寒さに弱いんじゃないか？」

「そういう動物が多いな。でもヒッポリアスは海にいただろう？」

俺たちとヒッポリアスが出会ったのは航海の途中だった。

「極地近くの、氷の浮かぶ海にも鯨はいるからな。ヒッポリアスも鯨なみに寒さに強いかもしれないぞ」

ケリーの言葉を聞いて、俺はそういうものかと思った。

「それもそうか。……いや、海水は凍っても表面だけだろう？　陸の寒いところより暖かいんじゃないか？」

「もちろんそうだが……。ヒッポリアスは竜だからな。魔力を熱に変換できるだろうし……」

「ふむ、魔力が毛皮の代わりになるかもということか」

「その可能性は高い。他の竜をはじめとした魔物の傾向から考えるとな」

「そうか。ふーむ」

「あと、この前も言ったように、魔物に限らず生物は寒い地域の方が大きくなる傾向があるんだが……」

「つまり、大きい方が寒さには強いということだな」

「そうだ。理由は体重と比しての表面積の違いなどいろいろあるのだが……」

「……小さいヒッポリアスは寒さに弱いかもしれないな」

「きゅお？」

俺の足元では、その小さなヒッポリアスがこちらを見上げている。

「大きなヒッポリアス用の防寒具を作るのは材料が大量に必要になるから大変だが……」

「きゅぅ？」

「小さなヒッポリアスの服なら作れそうだな」

「きゅっきゅお！」

ヒッポリアスは嬉しそうに尻尾を振っている。

「まあ、期待しないで待っていてくれ」

『わかった！』

期待しないでと言ったのに、ヒッポリアスは期待に目を輝かせていた。

冬まではちゃんと服を作ってあげないと悲しみそうだ。

忘れないようにしようと思う。


そんなことを話している間に、皮剝《かわはぎ》が終わる。

「皮は後で鞣すから、魔法の鞄《マジック・バッグ》に入れておこう」

俺が、剝いだばかりの猪の毛皮を畳《たた》もうとしたとき、ピイがその上に飛び乗った。

「ぴぃ！」

「ん？　どうした？」

『だにとる？』

「ああ、そうか。お願いできるか？」

「ぴっぴぃ」

猪の毛皮には、通常ダニやノミが大量にいるものだ。

ピイは毛皮の上に平べったく広がっている。

そうやって、ダニやノミを逃がさないようにして全《すべ》て食べているのだ。

「ピイ。後で私たちも頼むぞ」

ケリーが自分の服についたダニを潰《つぶ》しながら、そんなことを言う。

宿主だった猪が死んだことで、ダニやノミが逃げ出している。

そして、近くにいた俺たちの方に取りつきに来ているのだ。

『わかった』

「ピイが、わかったって言っているぞ」

「そうか。助かるよ」

「ダニよけのお香を焚《た》きたいところだが、ボアボアたちの巣だからな……」

ボアボアたちにとっても、虫よけのお香は非常に臭《くさ》いはずだ。

俺の使っている臭い虫よけのお香の匂《にお》いは、空気中にとどまりにくい。

とはいえ、この洞穴《ほらあな》では空気が流れてはいるが、ゆっくりだ。

空気が消えるまで数日かかる可能性もある。

「ダニ対策は、ピイに頼るしかないかも」

「ぴっぴっぴい」

ピイは嬉しそうに鳴いてぴょんと跳ぶ。

地面の上にはダニやノミだけでなく、いろんな汚れの取れた綺麗な猪の毛皮が残されていた。

33 火をおこそう

俺《おれ》はピイが綺麗《きれい》にしてくれた猪《いのしし》の毛皮を畳《たた》んで、魔法の鞄《マジック・バッグ》の中に入れた。

「ピイ、本当に助かるよ」

「ぴい」


そして俺は肉の解体に入る。

「飛竜《ひりゅう》。すまないが、もう少しそのまま吊《つる》して持っていてくれ」

「ががう！」

「飛竜は内臓は食べるよな？」

「がう」

「そうだよな。内臓も食べるよな」

普通の野生肉食動物や野生の肉食魔獣は内臓を食べるのが普通だ。

内臓から先に食べたりもする。

「内臓と肉は焼いた方がいいか？」

「ががう！」

飛竜はどっちも好きだという。

「ボアボアの子供は？」

「ぶぼ！」

ボアボアの子供からは勢いよく「内臓食べる！」という意味の意思が届く。

ボアボア親子も猪の内臓は大好きらしい。

人間にとっては、新大陸の猪の内臓は非常にまずい。

だが、魔獣たちには大人気のようだ。


「ボアボアの子供は焼いたのと生とどっちが好きなんだ？」

「ぶぼ～？」

「わかんないか。……ボアボアはどうだ？」

俺は洞穴《ほらあな》の奥にいるボアボアに尋ねる。

「ぶぼぉ？」

洞穴の奥から「どうしたの？」といった意味の意思が返ってきた。

「肉と内臓は焼いて食べるのと生のままで食べるの、どっちが好きなんだ？」

「ぶぶぼぼお」

「そうか、焼いた方が好きなのか」

どこで焼かれた肉を食べたのかは、少し気になる。

山火事で焼け死んだ肉だろうか。それとも落雷だろうか。

ボアボア自身が火の魔法を使えるのかもしれない。

俺がそんなことを考えていると、

「ふうむ。ボアボアはどこで焼いた肉を食べたんだ？」

どうやらケリーも同じことを疑問に思ったらしい。


そして、肉の解体が終わる。

「これでよしっと。飛竜ありがとう」

「がう？」

「ボアボア。洞穴の外に行って焼いてくるな」

「ぶぼぼあ」

洞穴の奥からボアボアが出てくる。

「ボアボア、寝てなくて大丈夫《だいじょうぶ》なのか？」

「ぶぼお」

大丈夫と力強く言っているが、少し心配だ。

「ケリー、ちょっとボアボアのことを診てくれないか」

「ああ、わかった」

「俺は外で肉を焼いてくるよ」

俺は肉を魔法の鞄に放り込んで、洞穴の外に向かう。

ヒッポリアスとボアボアの子供、飛竜がついてきた。

ピイはケリーと一緒にボアボアの体を調べているようだった。

「適当にかまどを作って……と」

そこらにある岩を材料にして、かまどを作る。

別に正確さは求められないので、さほど難《むずか》しくない。

「猪は大きいから、かまども大きくした方がいいな」

ボアボアや飛竜が食べる量を焼くのだ。

小さなかまどでは、いつまでかかるかわからない。

「このぐらいいか」


猪の巨体を丸ごと載せられるぐらいの大きさのかまどにした。

そして、かまどの上には石を材料にした板を設置する。

製作スキルを使えば、一様《いちよう》で継ぎ目のない板を作れるのだ。


「燃料は……その辺《あた》りの木を使うか」

『たおす？』

「ありがとうヒッポリアス。お願いするよ」

「きゅお！」

ヒッポリアスは一瞬で巨大になって、いつものように木を一本倒してくれる。

「ぶいぶい！」

「があああお！」

ボアボアの子供と飛竜は、大きくなった力強いヒッポリアスを見て驚いていた。

そんなボアボアの子供や飛竜に向けてどや顔しながら、ヒッポリアスは倒したばかりの木を運んでくる。

「きゅお！」

「ありがとう、ヒッポリアス。助かったよ」

「きゅうお」

すぐにヒッポリアスは小さくなる。

「きゅお」「ぶぶい」

そして、ボアボアの子供と遊び始めた。


一方、俺はヒッポリアスが運んでくれた木を調べる。

「生木をそのまま燃料にするわけにはいかないからな……」

俺は製作スキルを発動させる。

木に含まれる水分を使って、水の塊《かたまり》を作ることで、水を抽出し、乾燥させるのだ。

海水から真水を作ったり、金属の鉱脈からインゴットを作るのと同じ要領である。


俺は木から抽出した水を皿に入れる。

「飲んでもいいぞ」

「ぶ～い」

ボアボアの子供は、水が出現したことに驚愕《きょうがく》しているようだ。

「製作スキルを使ったんだ。とはいえ、木に水が多少残っていても問題ないから――」

それに素材として使うわけでもないので、ゆがみがあったり、割れても何の問題もない。

だから簡単だ、というようなことをボアボアの子供に説明する。

「ぶごぶご」

俺が説明している間に、ボアボアの子供は美味《おい》しそうに水を飲んでいた。

「ぶい！」

「美味しかったのならよかったよ」

「ぶ～い」

「わかった。ボアボアにもだな」

ボアボアの子供はボアボアにも、この美味しい水を飲ませてほしいという。

俺は火をおこす前にボアボアの前に水を持っていく。

ヒッポリアスが倒してくれたのは大きな木だった。

だから、中に含まれる水分もかなり多量だ。


俺は大きなたらいに水を入れてボアボアの前に置く。

「ボアボア。喉《のど》が乾いていたら飲んでくれ」

「ぶぼぼ」

「気にするな。ご飯はすぐできるから、もう少し待っていてくれ」

俺はヒッポリアスが倒してくれた木を使って、薪《まき》を作る。

これにも製作スキルを使う。

別に精密でなくてもいいし、多少不揃いでも問題ない。

だから非常に楽である。

そうして、あっという間に燃料の準備は完了したのだった。

34 猪肉ステーキを焼こう

かまどは大きいとはいえ、一回では燃料を使い切れない。

そのぐらいヒッポリアスの倒してくれた木は大きかったのだ。

「余った分は、拠点で使う燃料にしよう」

薪《まき》は炊事《すいじ》で毎日使う。冬になれば暖房でも使うようになるだろう。

俺《おれ》は今使う分以外の薪を魔法の鞄《マジック・バッグ》に入れておいた。

それから、薪をさらに細かく割り、かまどの中に組んでいく。

空気がよく通るようにしなければならない。

組み終わったところで、

「があぅ」

飛竜《ひりゅう》が火おこしの手伝いを申し出てくれた。

「ん？　それはありがたいが、飛竜の吐いた火は威力が高すぎるからな」

薪など一瞬で燃え尽きてしまうだろう。

「がう！」

「そうか。ならば頼む」

飛竜が手加減できると自信満々に言うので任《まか》せることにする。

「がぁぅ……っぽ」

飛竜はほんの小さな炎を吐いた。

それは親指の先ほどの小ささだったが、かなり熱そうな青い炎だった。

小さな青い炎がかまどに入ると、赤色に変わる。

「おお、一瞬では消えないのか」

「があう！」

飛竜はどや顔で尻尾《しっぽ》を揺らしている。

飛竜の吐いた炎は、俺の組んだ薪の下方に着弾すると、消えずにそのまま燃え続ける。

そしてその炎は、薪にゆっくりと燃え移っていった。


「飛竜。ちょうどいい炎だよ。飛竜は火をおこすのが得意なんだな」

「がうがあう！」

どうやら、地元でも、肉を焼くためにたまにやっているらしい。

「飛竜は炎のブレスで肉を直接焼くものだと思っていたよ」

「がーぁう。がうがうがーう」

ブレスで直に焼くこともできる。だが、火加減が難《むずか》しい。

一定の弱い火力で、長い時間かけて焼かなければならないのだ。

なにしろ竜たちの食べる肉の塊《かたまり》だ。どうしても巨大になる。

じんわり焼くためには、時間がかかってしまう。

長時間ブレスを維持するのは疲れるし大変だ。

そのうえ、少し失敗するだけで、丸焦《まるこ》げになってしまう。

だから、飛竜は木や炭に火を移し、岩を熱してその上で肉を焼くのだ。

そのようなことを飛竜は教えてくれた。


「がうがーう」

「なるほど。肉を薄く切るのも大事なのか」

薄くと言っても、飛竜基準での「薄い」だ。
○・一メトルぐらいの分厚いステーキにしているらしい。
「グルメなんだな」

「がう」

「なるほど？　冷めた溶岩の板の上で焼くとうまいのか」

「がうがうがーう」

それは知らなかった。

というか石を板にするのと何が違うのか、よくわからない。

だが、いろんな石を試した飛竜が、溶岩の板がうまいというのだから、そうなのだろう。

「ががうがうがう」

「飛竜の宝なのか。なるほどなぁ」

冒険者たちが信じているように、竜は宝をため込める。

それは間違いない。

だが、竜の基準での宝と人間の基準での宝は違う。

もし飛竜の巣に忍び込んだ泥棒がいたら、石の板を見てがっかりするに違いない、

「ときに飛竜、それは飛竜の一族の皆が溶岩の板の上で肉を焼くのか？」

ケリーの知らない飛竜の生態だったらしい。

ケリーがノートを片手に、目を輝かせて近づいてくる。

そんなケリーと飛竜の通訳をしていると、

『ひっぽりあすもたべたい』

ヒッポリアスが俺の足に頭をこすりつけてきた。

「溶岩の板で焼いた肉をか。地質学者の調査待ちだな」

「きゅお」

ケリーと飛竜の通訳をしている間に、石の板が充分熱くなる。

「さて、肉を焼くか」

飛竜は〇・一メトルぐらいの分厚いステーキを食べているらしい。

だが、さすがにそれは焼くのに時間がかかるので、その半分にする。

それでも、人的には非常に分厚い。

「焦げすぎないように火力は弱めにしてと……」

かまどの空気の通り道を狭くして、火を弱める。

そうしてから、肉を板の上に載せた。

ジューッという、美味《おい》しそうな音がする。

「……きゅお。ごきゅ」

ヒッポリアスが目を輝かせてつばを飲み込んでいる。

「がお？」

「イジェがいたらもっと上手に焼いてくれるんだがな」

「ああ、イジェっていうのは、俺たちの仲間だ。料理が上手《うま》い」

「ががお」「ぶぅぶい」

料理が上手いと聞いて、飛竜とボアボアの子供は興味を持ったようだ。

「飛竜は塩とこしょうはどうする？」

「がうがう」

「飛竜は塩とこしょうありの方が好きなんだな。わかったよ」

「がーがう！」

「なるほど、味付けは濃い方が好きなんだな」

飛竜は塩もこしょうもたっぷりかけてほしいと言っている。

「それでボアボアは塩とこしょうどうする？」

「ぶっぶい」

「塩だけの方がいいか。そもそもこしょうが何か知っているのか？」

「ぶーぶい」

「知らないのか。じゃあ、とりあえず塩だけ振っておくよ」

「ぶぶい」

後でこしょうをかけたやつも食べてもらって、どっちが好みか聞けばいいだろう。

俺は魔法の鞄から塩を取り出して、肉に振りかけた。

塩とこしょうは、現代の冒険者の必須装備なのだ。

「ヒッポリアスは俺と同じでいいんだな」

「きゅおお」

そんなことを話しながら、肉を焼いていく。

途中で裏返して、じっくりと焼いていった。

35 猪肉ステーキを食べよう

しばらくして、中心は生だが、表面はしっかり焼けた状態になる。

「うん、いい感じだな」

「テオ、言わなくてもわかると思うが……」

「わかってる。これは飛竜《ひりゅう》とボアボア親子、それにヒッポリアスの分だよ」

「ぶい？」

ボアボアが「お前たちは食べなくていいのか」と心配してくれる。

「ああ、レアの方が味はうまいんだが、人の胃だと寄生虫が怖いからな」

「ぶぼぼ」

「飛竜の胃液に耐えられる寄生虫はまずいないからな。ボアボアもきっとそうだろう。ケリーはどう思う？」

「まあ、詳《くわ》しくは調べていないが、ボアボアたちは普段から生で食べているんだ。問題ないだろうな」

ボアボアたちは、外見こそ猪に似てはいるが、高位の魔獣であるキマイラらしい。

胃も強いはずだ。

「ぶっぶい」

ボアボアも余裕だと言っている。いつも生で食べているらしい。

「そういえば、ボアボアはどうして焼いた方がうまいって知っているんだ?」

「ぶいぶぼぼ」

「なるほど。火炎魔法で倒したときに知ったと……」

肉は火をいれると、変性してうまくなるのだ。

「ぶぼぼ」

ボアボアは、火炎魔法で肉を焼くのは非常に疲れると言っていた。

だからこそ、ごちそうなのだという。

「それじゃあ、沢山《たくさん》食べてくれ。……皿が必要だな」

「ぶぼ」

ボアボアは、気にするな地面に置いてくれと言っているが、そういうわけにもいくまい。

俺《おれ》は素早くそこらの石を使って、大きい皿を二枚とそれより小さな皿を一枚作る。

飛竜とボアボア、そしてボアボアの子供の皿だ。

「形はそんなによくないが、許《ゆる》してくれ」

「がお」「ぶぼ」「ぶぶい」

三者とも皿を気に入ってくれたようだ。

「じゃあ、肉を分けるぞ。また次をすぐに焼くからな」

俺は怪我人《けがにん》のボアボアの皿に大きめの焼いた肉を置く。

そして肉を取ってきてくれた飛竜の皿とボアボアの子供の皿にも焼いた肉を置いた。

塩は振ってあるが、こしょうはまだだ。

「飛竜、こしょうを振るぞ」

「がお！」

俺がこしょうを振ると、飛竜は美味《おい》しそうに食べ始めた。

「ぶい」

「こしょうを試してみたいんだな」

「ぶいぶい」

「いいぞ」

ボアボアもこしょうにチャレンジしたいらしい。

俺は焼いている途中の肉を切り取って塩とこしょうを振って、ボアボアの皿に置く。

「これが、こしょうを振った肉だ。口に合うか確かめてくれ」

「ぶぃ………ぶぶい！」

「口に合ったのか？」

「ぶっぶーい！」

どうやら、ボアボアはこしょうをかけた肉をとても気に入ったらしい。

俺は怪我人、いや怪我キマイラのボアボアに優先的に肉を取り分けていく。

そうしながら、自分たちの食べる肉は端の方でじっくり焼いていった。

キマイラであるボアボア親子や飛竜とは違って、人間の俺たちには生の猪肉は危険だからだ。


「ケリー。そろそろこの辺《あた》りは食べて大丈夫《だいじょうぶ》だと思うぞ」

「ありがとう。いただこう」

ボアボアたちが食べる肉はしっかりと焼かなくてもいい。

だから回転が速いのだ。とはいえ、ボアボアたちは体が大きく食べる量が多い。

ボアボアたちの肉を焼いている間にちょこちょこ食べているだけで、あっという間に俺たちはお腹《なか》いっぱいになった。

「ボアボアたちはまだ食べるだろう?」

「……ぶぶお」

ボアボアは俺たちより沢山《たくさん》食べていることを申し訳なく思っているようだ。

「遠慮するな。といっても俺が狩ってきた猪ではないんだが……」

「がおがう!」

飛竜もお腹いっぱい食べろと言っている。

足りなければ、すぐに取ってくるから安心しろということらしい。

「ぶーい」

「じゃあ、猪の内臓を食べるか?」

「ぶぶい！」「ぶっぶい」

やはりボアボア親子は猪の内臓が好きらしい。

「きゅお！」

「そういえば、ヒッポリアスも好きだったな」

『ひっぽりあすのぶん、ある？』

「ヒッポリアスの分も焼くから安心しなさい」

「きゅぅ」

ボアボア親子とヒッポリアスは内臓を食べたくて目を輝かせている。

飛竜は何も言わないが、内臓が好きらしい。こちらをチラチラと見ていた。

「もちろん、飛竜の分も焼こう」

「がお！」

俺は飛竜の狩ってきた猪の内臓を焼いていく。

「猪の内臓は、人間は食べないから、みんなで食べていいぞ」

「ぶい？」

「遠慮しているわけじゃないぞ」

旧大陸の猪は内臓も食べられるのだが、新大陸の猪の内臓はものすごくまずいのだ。

もしかしたら、食べているものが違うからなのかもしれない。

「ヒッポリアス」

「きゅお？」

「前に狩ってきてくれた猪の内臓が、魔法の鞄《マジック・バッグ》の中にまだあるんだが……」

人間の口に合わないので、猪の内臓は余り気味《ぎみ》なのだ。

ヒッポリアスや魔狼《まろう》たちは美味しく食べられるので、鞄の中に入れて保存してあった。

『ぼあぼあにたべさせてあげて！　たりないなら、あとでとってくる！』

「ありがとう」

ヒッポリアスは怪我をしたボアボアのことを気遣《きづか》っている。

幼いのに、ヒッポリアスはとても心優しい竜なのだ。

36

朝ご飯

俺《おれ》は猪《いのしし》の内臓をひたすら焼いて、ボアボア親子、飛竜《ひりゅう》、そしてヒッポリアスに食べさせていく。

その間、ピイは皆の体を順番に移動して、ダニとノミを退治してくれていた。

「ピイ、本当に肉を食べなくていいのか？」

『いい。ちたべたし』

血抜きしたときにピイは猪の血を全部食べて、いや飲んでいた。

「遠慮しないで肉も食べていいんだぞ？」

『ちもにくとおなじぐらいうまい。てお゙ーるはもっとうまい』

「……そうか」

やはりスライムの味覚は、魔獣の中でも独特らしい。

猪一頭分の肉と、三頭分の内臓を食べて、やっとボアボアたちは満腹になったようだ。

「ぶーい」

「……ぶ……ぃ」

ボアボアがお礼を言うと、ボアボアの子供も半分眠りながらお礼を言った。

子供だから必要な睡眠時間が長いのだろう。

それに、親が怪我《けが》していて、不安で深く寝付けなかったのかもしれない。

「がぁう」

「いや、こちらこそありがとう。飛竜が猪を狩ってきてくれて、とても助かった」

「ががあう」

飛竜もお腹《なか》いっぱい食べて満足したようでよかった。


俺は満腹になってまったりしているボアボアの隣に行った。

「ボアボア、怪我の具合はどうだ？」

「ぶぃ」

ボアボアの体調はいいらしい。

肉を沢山《たくさん》食べていたので、本当に調子はいいのだろう。

「そうか。だが、念のために食後の薬を飲んでおきなさい」

「……ぶぃ」

俺は解毒ポーションを手早く作って皿に入れる。

「ぶぃ！」

それをボアボアは一息で飲んだ。

とてもまずいので、一気に飲んだ方がいいのだろう。

「傷もほとんど塞《ふさ》がっているか。やはり体力があるようだな」

「ぶぉ」

そもそも、体力がなかったら、俺がたどり着く前に死んでいただろう。

そのぐらいボアボアの負った傷は深手だった。

「一応、傷薬も塗っておこう」

「ぶい」

「気にするな」

丁寧《ていねい》にお礼を言うボアボアを撫《な》でると、俺は手早く傷薬を作ってボアボアに塗った。


それからボアボアの横に座《すわ》る。

午前中の光が暖かくて、気持ちがよかった。

ボアボアたちも飛竜もヒッポリアスもピイも、ひなたぼっこしている。

ボアボアの巣は日の入らない暗《くら》い洞穴《ほらあな》だったが、日光が嫌いというわけではないようだ。

「テオ、これを見てくれ」

「ん？」

ゆったりと横たわるボアボアの体を調べまくっていたケリーが何かを見つけたらしい。

俺は立ち上がって、ケリーに近づいた。

「どうした？」

「私はボアボアがぬたうった痕跡《こんせき》を見て、キマイラだと判断したんだが」

「そうだな」

「やはり、その見立ては正しかったようだ」

そう言って、ケリーは胸を張る。

「何か、キマイラの証拠となるものを見つけたのか？」

「ああ、テオ。ここを見てほしい。ボアボアがキマイラだという証拠だ」

ケリーはボアボアの耳辺《みみあた》りの毛をかき分けている。

「ぶぅぃ」

ケリーの手が気持ちよいのか、ボアボアは目をつぶってうっとりしていた。

相変わらず、ケリーは魔物の扱いが上手《うま》い。

それはそれとして、ケリーが何をもってキマイラだと主張しているのか、俺にはさっぱりわからなかった。

「……ケリー、どれのことだ？」

「この耳だ」

「ふむ？」

「キマイラという魔獣は、複数の魔物の特徴を備《そな》えているんだ」

「それは俺も知っているが……」

旧大陸のキマイラは、獅子《しし》の頭にヤギの胴体、毒蛇《どくじゃ》の尻尾《しっぽ》を持つといわれている。

もしかしたら、それら特徴の一部がボアボアにもあるのだろうか。

「この耳が獅子の耳とか？」

「違うぞ。全然形が違うだろう？」

「……獅子の耳には詳《くわ》しくなくてな」

「そうか、そうだな。獅子の耳をじっくり見る機会などそうはないよな。すまない」

「いや、謝らなくてもいいが、大きい猫みたいなものか？」

「猫と獅子は似ているが、耳は違うな。獅子の耳の方がまるくなっているんだ」

「へー」「きゅお〜」

俺が感心していると、いつの間にかやってきたヒッポリアスも感心していた。

「獅子の耳は、今はまあどうでもいいとして、ボアボアの耳を見てくれ、これはヤギの耳なんだ」

「ふむ？」

ボアボアの耳は、確かに猪の耳より大きいというか長い感じがする。

それに猪の耳は尖《とが》った三角だが、ボアボアの耳は先が丸い。

「ボアボアの体毛を、テオはヤギの毛に近いと鑑定していたね」

「そうだな」

「ボアボアは耳と体毛がヤギ。頭と胴体はシシのキマイラだな」

「獅子？」

「いや、シシ。イノシシのシシだ」

「…………へぇ。それって新種の猪とかじゃないのか?」

「キマイラの定義が、複数の魔物の特徴を備えた複合体だからな。新種のキマイラに分類すべきだろう」

「そんなものか」

「ああ、そういうものなんだ。それに猪なら体の割に足が太すぎる。胴は猪だが足は猪とは別の魔物かもしれない」

「あ、足跡から推測された体長より、ボアボアがずっと小さかったのは、足自体が猪ではなかったからか」

「足跡の形自体は猪そっくりなんだけどな。畑のへこみが体重の割に浅いと思ったよ。イジェも十五メトルを超えた猪は知らないと言っていたが……」

もしかしたら、八メトルほどの大きなボアボアのことなら、イジェも知っているかもしれない。

そんな気がした。

37 朝風呂

みんなでひなたぼっこをしながら、一時間ぐらいのんびり過ごした。

うとうとしていたら、ヒッポリアスが俺《おれ》のひざの上に乗ってくる。

「きゅおきゅお！」

「どうした？」

『おんせんある』

「あの野生の温泉か。だが、少し遠いぞ」

野生の温泉とは、魔熊《まくま》モドキに連れられたクロたち子魔狼《こまろう》に出会ったところだ。

『ちかくにあるよ？』

「そうなのか？」

『まえ、あそんでたときにみつけた』

ヒッポリアスはよく単独行動している。

その際に走りまくっているので、俺たちよりこの辺《あた》りには詳《くわ》しいのだ。

「ボアボア。近くに温泉があるらしいが、行くか？」

「ぶぶい！」

ボアボアは温泉が好きらしい。

すごく行きたいという感情が伝わってくる。

「じゃあ、行くか」

「野生の温泉か。悪くない」

「があぅ」「ぶおぶい」

ケリーも飛竜《ひりゅう》も、ボアボアの子供も乗り気である。

「ケリーは……」

「なんだ？」

「いや、何でもない。気にするな」

ケリーと混浴というのはどうかと思ったのだ。

だが、考えてみれば、適当に余った木材で仕切りでも作ればいいだけだ。

大した手間ではない。


俺たちはヒッポリアスを先頭にして、温泉に向かって歩いていく。

五分ぐらい歩くと、温泉が本当にあった。

クロたちと出会ったところよりは小さい。

だが、ボアボアや飛竜が入っても余裕があるぐらいには広かった。

「この辺りって温泉が豊富だな」

「火山の活動が活発なのかもしれないな」

温泉に手を入れて、温度を確かめていたケリーがそんなことを言う。

「それは怖いな」

「噴火の予測は、地質学者でも難《むずか》しいらしいからな」

「それはそうだろうな」

「噴火が明日か数年先か数十年先か数百年先かわからない。そんなものらしい」

「まあ、気にしてもしょうがないか」

「そうだな」


そんなことを話していると、ボアボア親子と飛竜、ヒッポリアスがお湯の中に入っていく。

手前は浅いが、奥に行くにつれてどんどん深くなるらしい。

子供を連れてきたら溺《おぼ》れそうで怖い構造だ。

だが、体の大きい飛竜とボアボアがいるので今は安心だ。

ヒッポリアスも今は小さいが、一瞬で大きくなれる。


ボアボアたちが風呂《ふろ》に入りにいくのを見たケリーが、

「よぉし、私も――」

服を脱ごうとする。

「ケリーは、少し待て」

「ん？　どうした？」

「今、仕切りを作るから、服はまだ脱ぐな」

「ふむ。冒険者なら男女混浴も普通だろう？」

「本当にケリーは冒険者向きの性格をしているな」

「そうか？」

別に褒《ほ》めていないのだが、ケリーは少し照れていた。


俺は製作スキルを使って、仕切りを作っていく。

俺の背丈ぐらいまであって、向こうが見えなければそれでいい。

温泉を八対二の割合で仕切っていく。

広さに差があるのは、ボアボアと飛竜が入るスペースのためだ。

脱衣している様子が見えないように、温泉の外まで仕切りを延長しておく。

「これでよしと、ケリーはそっちに入ってくれ」

「ボアボアたちと入れないのは残念だが仕方ない。それと仕切りを作ってくれてありがとう」

「どういたしまして」


ケリーが仕切りの向こうに向かったので、俺も服を脱ぐ。

俺は頭の上にピイを乗せたまま、お湯の中に入った。

「うん。いい湯だな」

拠点のお風呂もいいが、露天風呂もいい。

「なんというか、明るいうちに入るお風呂は特別な感じがするよな」

「そうだな。とてもいい湯だ」

ケリーも仕切りの向こうでお湯を堪能《たんのう》しているようだ。

ピイも俺の頭から降りてお湯の中に入った。

いつもの風呂のときと同じように、ピイは俺のすぐ近くをふよふよと漂っている。

「……ぶぃぃぃ」

ボアボアがお湯の中で伸びをしている。

「ボアボア。どうだ？」

「ぶい」

どうやら気持ちがいいらしい。

飛竜も大人しくお湯につかっている。

そしてヒッポリアスとボアボアの子供は俺の近くを泳いでいた。

「温泉の効果で、怪我《けが》もきっと早く治るぞ」

「ぶぅい」

気持ちがよさそうなボアボアを見ていると、こちらも気持ちよくなってくる。

「……温泉の効果は諸説ある。が、まあ温《あたた》めるのは悪くないんじゃないかぁ」

ケリーの気の抜けた声が仕切りの向こうから聞こえてくる。

ケリー自身気持ちよくなっているのだろう。

そうなるのは俺もよくわかる。

俺自身も、気持ちがよくて、気が抜けてしまっているからだ。


「……ぶぅぃ」

「ボアボアの子供も気持ちがいいのか」

「…………ぶぃ〜」

俺の近くを泳ぐボアボアの子供の方にピイが移動する。

恐らくボアボアの子供から流れ出た汚れをピイが浄化してくれているのだろう。

野生なのだから、汚れているのは当たり前である。

猪《いのしし》ではないとはいえ、ボアボアたちは、泥の上でぬたうつのが好きなのだ。

「拠点のお風呂に入るなら、念入りに洗ってからだが、ここは野生の温泉だからな」

「ぶぅい」

野生の温泉に野生の魔獣が入るのだから、そのまま入るのが自然というものだ。

そんなことを考えていると、

「あ〜。テオさん、帰ってこないと思ったら、楽しそうなことしてる！」

後ろからジゼラの声がした。

38

ジゼラたちと朝風呂

Hennaryu to moto yuusha party zatsuyougakari shintairiku de nonbiri slowlife

俺《おれ》はお湯につかったまま、後ろを振り返る。

すると、そこにはジゼラがいた。

それだけでなく、ジゼラの後ろにはフィオとシロ、子魔狼《こまろう》たちもいた。

「お腹《なか》は大丈夫《だいじょうぶ》なのか？」

ジゼラは毒赤苺《ポイズンレッドベリー》を大量に食べて食中毒になっていたのだ。

体力のあるヴィクトルでさえ、回復まで数日かかった。

「一晩寝たから大丈夫だよ！」

「……そうか、すごいな」

相変わらず体質が、我ら一般人とは異なるようだ。

「がうがう！」

お湯につかっていた飛竜《ひりゅう》が嬉《うれ》しそうにジゼラに駆《か》け寄る。

そんな飛竜をジゼラが撫《な》でまくる。

「おー、飛竜も元気だね。ボアボアのこと、ありがとうね」

「がーがう」

飛竜もとても嬉しそうだ。

「ひりゅ！」

フィオは初めて見る飛竜にも怯《おび》えていない。

飛竜をジゼラと一緒に撫でている。

「飛竜、ボアボアとボアボアの子供。いいかい？」

「があ」「ぶい」「ぶぶい」

ジゼラとフィオに撫でられながら飛竜は俺の方を見る。

そして、ボアボアとボアボアの子供はこっちにやってきた。

「この子はフィオだ。そしてフィオの従魔のシロと、俺の従魔のクロ、ロロ、ルルだ」

俺はお湯の中につかりながら、飛竜と初めて会ったフィオたちのことを紹介する。

「がぁぁう」

「わふ」

飛竜とボアボア親子はシロたちの匂《にお》いを嗅《か》ぐ。

「わふ」

シロは飛竜相手に少し怯え気味《ぎみ》だが、弟妹の手前、気丈《きじょう》に振舞っている。

「きゅーん」「くーん」「わふ」

だが、子魔狼たちは、全く怯える様子もなく、飛竜やボアボア親子に甘えていた。

近寄ってきたボアボアのことをジゼラは撫でる。

「うん。怪我《けが》も治っているし、元気みたいだね」

「ぶお」

「よかったよかった」


そう言いながら、ジゼラは服を脱ごうとする。

一緒にフィオまで服を脱ぎかける。

「ジゼラ。女湯は仕切りの向こうだ」

「ん？　ぼくは気にしないけどね」

冒険者にはそういう感覚を持つ者が多い。

冒険の途中で、身体《からだ》を洗うことが求められることがある。

嗅覚《きゅうかく》の鋭《するど》い魔物退治などの場合だ。

そのようなとき、男女に分かれて身体を洗っている余裕などないことが多い。

冒険中においては、風呂《ふろ》に入るというのは危険行為なのだ。

防具を外し、武器を手放すからだ。

男女ではなく、戦力バランスを考えて、順番に身体を洗うことになる。

異性の前で裸をさらすことが恥ずかしいという感情も、命の危険の前では重要ではない。

「冒険者だから、ジゼラが気にしないと言うのはわかるが、フィオの教育に悪い」

魔狼に育てられたフィオは、人族の常識がない。

その状態で、俺と一緒にジゼラが混浴するのを見ると、混浴が人間社会の一般常識だと誤解してしまう。

「よくわかんないけど、テオさんが言うならそうなのかもね」

「ジゼラとフィオは仕切りの向こうに入りなさい。ケリーもそっちに入っている」

「わかった！　でもボアボアと一緒に入りたかったけどなぁ」

「我慢《がまん》しなさい。触れ合うなら風呂上がりにするといい」

「は～い」「ぶ～い」

ジゼラとボアボアが同時に返事をする。

そして、ジゼラとフィオ、シロと子魔狼たちはケリーの方へと向かった。

「おお、ジゼラも来たのか」

「うん、来たよー」

「相変わらず、毒に強いなぁ」

「そうなんだー」

しばらくしたら、バシャンという音が聞こえてくる。

ジゼラが飛び込んだらしい。

「わふぅ！」

フィオもジゼラの真似《まね》をして飛び込んだようだ。

その後、子魔狼たちの「きゃふきゃふ」というはしゃぐ鳴き声が聞こえてきた。

まったりとした、こちらと違い、ケリー達の方はすごく楽しそうにしている。

だが、しばらくしたら、比較的静かになった。

ジゼラやフィオたちも温泉につかって気持ちよくなっているのだろう。


俺は仕切りの向こうに声をかける。

「……ジゼラ、シロの散歩か？」

「そうだよ。シロは魔狼のなかでもすごい魔狼だからね」

「体力がある分、必要な運動量が多いってことか？」

「そうそう。沢山《たくさん》散歩しないと、運動不足になるかもだからね」

「それはそうだ、ありがとうな」

病《や》み上がりのジゼラがシロの散歩をするのはどうかとも思わなくもない。

だが、ジゼラだから大丈夫とヴィクトルが判断したのだろう。

「気にしなくていいよ！　ぼくもボアボアたちを見たかったからね」

「ぶぼぼ」

ボアボアが嬉しそうに、仕切りの向こうに返事をしていた。

「ところでイジェはどうしてる？」

「イジェはヴィクトルたちと一緒に豆を植えてるよ」

「そうか」

畑でぬたうったのがボアボアだとわかった以上、大丈夫だと判断したのだろう。

「そうだ、ボアボア」

「ぶーい？」

ジゼラに呼びかけられて、まったりお湯につかっていたボアボアが気の抜けた返事をする。

「畑でぬたうつのをやめてほしいんだ」

「ぶぼー？」

ボアボアは「畑？　って何だろう」と思っているようだ。

野生のキマイラであるボアボアは、畑というものを知らないのだ。

「あ、畑っていうのは人間が植物を育てているところだ」

「ぶぼー」

俺が説明すると、すぐに理解してくれた。

ボアボアはとても賢《かしこ》いキマイラのようだ。

「ボアボアが怪我する前に、ぬたうちまくった場所が、その畑なんだよ」

「ぶぼ」

「畑でぬたうたれると、作物がダメになっちゃうからな」

ボアボアは「なんかごめんね」と謝っている。

「知らなかったんだから、いいよ。以後気をつけてくれたら嬉しいけど」

「ぶぼい」

「理解してくれて、ありがとう」

元々、ヒッポリアスとシロたちの匂《にお》いがしている拠点付近にはほとんどの魔物と動物は近づかない。

ボアボアが近づいてきたのは、ボアボア自身がとても強いため匂いを恐れなかったからだ。

ボアボアクラスの魔物は、そういない。

これからは畑に近づく魔物や動物はほとんどいないに違いない。

39 風呂上がりの新発見

充分に身体《からだ》を温《あたた》めてから、俺《おれ》たちは温泉から上がる。

自分の身体を拭《ふ》いて、ヒッポリアスの体を拭いた。

その間に、飛竜《ひりゅう》はブルブルと体を震わせて、水を切っている。

そして、ピイは濡《ぬ》れたボアボアたちの水を取ってあげていた。

ヒッポリアスを拭いた後、ボアボア親子の毛をチェックする。

すでにほとんど乾いていた。


「ピイはすごいな」

「ぶぼい」「ぶい」

ボアボア親子も感謝の意を表明している。

「ピイは本当に器用だな」

「ぴい！」

ピイは嬉《うれ》しそうに俺の胸元《むなもと》に跳び込んできてプルプルする。

ピイは浴槽《よくそう》の水を高速で吸い込んで浄化できるのだ。

そんなピイならば、体の大きなボアボアの毛皮から水を取るのも簡単なのだろう。

俺が着替え終わった頃、

「ぼあぼあ！」

フィオとシロが仕切りの向こうから顔を出す。

「ぶぼ？」

「かわいい」

「ぶーい」

フィオはボアボア親子を撫《な》でまくる。

そして、シロはそんなフィオの隣でボアボア親子の匂《にお》いを嗅《か》いでいた。

当然だが、フィオはきちんと服を着ている。

だが、まだ髪が少し湿っている気がした。

だから、俺はピイを抱っこして、フィオの頭の上に乗せる。

「ぴい？　どしたの？」

「ピイ。すまないが、フィオの髪を乾かしてあげてくれないか？」

『わかった！　ふぃおのかみかわかしてあげる！』

「ぴい、ありがと！」

フィオは優秀なテイマーなので、ピイの言いたいことがわかるのだ。

従魔ではないので言葉として理解できるわけではないが、意思として理解できる。

それは、ちょうど俺とボアボアたちや飛竜と同じようにだ。


そんなことをしていると、仕切りの向こうからケリーとジゼラもやってくる。

「フィオ。ちゃんと髪を乾かさないとだめじゃないか」

ケリーとジゼラは子魔狼《こまろう》たちを抱っこしていた。

子魔狼たちを拭いてあげているうちに、フィオがこっちに走ってきてしまったのだろう。

「ごめん！」

「わかた！」

「怒っているわけじゃない。夏はともかく冬になったら風邪《かぜ》をひくぞ」

「テオ、クロを持っていてくれ」

「ああ、わかった」

「えっと、綺麗《きれい》なタオルはっと……」

ケリーはフィオの頭を拭いてあげるらしい。

子魔狼たちを拭いたタオルではなく、新しいタオルでだ。

そして、俺はクロを抱き留める。

ケリーから手渡されたクロはフワフワしていた。

しっかり、毛が乾いている。

「クロはいい匂いがするな。ケリーありがとう」

「気にするな。私もクロの世話は楽しい」

「きゅーんきゅーん」

いつも甘えん坊のクロだが、今日は特に甘えたい気分のようだ。

一生懸命、俺の顔を舐《な》めて、甘えた声を出している。

「あうあう」『だっこ』

ジゼラに抱っこされた、ロロとルルも俺に抱っこしてくれとアピールしていた。

「ロロもルルもこっちに来なさい」

「やっぱり、テオさんがいいのかー。お姉ちゃん悲しいよー」

そんなことを言いながら、楽しそうにジゼラはロロとルルを俺に預けてくる。

三頭を同時に抱っこするのは大変なので、俺は地面に腰を下ろした。

そしてひざの上にクロ、ロロ、ルルを乗せて、撫でまくる。

一晩、会わなかったからか、クロたちはいつも以上に甘えてきた。

「きゅぅぉー」

ヒッポリアスも触発されたのか、ひざの上に乗ってきて、甘え始めた。

俺は子魔狼三頭とヒッポリアスを撫でまくる。

「クロ、ロロ、ルル、昨日は元気にしてたか？」

『してた！』「ぁぅ」『るるいいこ』

「そうかそうか。ヒッポリアスもいい子にしてたよな」

『ひっぽりあすは、いいこ！』


俺がヒッポリアスと子魔狼と戯《たわむ》れていると、

「あったあった。鞄《かばん》の奥に入っていたぞ」

ケリーがやっと綺麗なタオルを見つけたようだ。

それでフィオの頭を拭きにいく。

「おや？　乾いているな？」

「ぴいがふいてくれた！」

「ぴい！」

「ピイは何でもできるな……ん？」

「ぴい？」

フィオの髪の毛を調べていたケリーが首をかしげる。

「フィオの髪の艶が増している。まるで貴族の令嬢の髪のようだ」

「きぞく？」

フィオが首をかしげる。

「説明が難《むずか》しいが、偉い人のことだよ」

「そかー」

「フィオの髪の毛、風呂に入る前よりすごく綺麗になっているな」

「えへへ」

「これは、ピイが乾かした効果なのか？　ピイ、何か特別なことをしたのかい？」

『してない！』

「してないらしいぞ」

「ふーむ。謎《なぞ》だな。後でしっかり調べてみたい。ピイ、協力してくれないかい？」

『いいよ！』

「いいらしいぞ」

「ありがとう。ピイ」

ピイに乾かしてもらった髪の毛は状態がよくなるかもしれないらしい。

「そういえば、シロとかもモフモフになった気がするし」

ダニ取りなどを兼ねてピイはシロやクロ、ロロ、ルルの毛のケアをしてくれていた。

そして、出会ったときより、シロたちの毛は段違いにモフモフしている。

「もしかしたら、俺の髪の毛も……」

俺もよく肩を揉《も》んでもらったり、頭を揉んでもらったりしている。

それに、風呂場では常にピイは俺の周りにいていろいろしてくれているのだ。

俺は気になって自分の髪の毛に触れてみた。

よくわからなかった。

40 ピイの力

ケリーも俺《おれ》の髪の毛の輝きが増している可能性があると思ったようだ。

「ふむ。テオ、少し触らせてくれないか？」

「いいぞ。好きに触ってくれ」

ケリーは歩いてきて、座《すわ》っている俺の髪の毛をいじり始めた。

ケリーが俺を撫《な》で、俺がひざの上のヒッポリアスと子魔狼《こまろう》を撫でる。

そんな形になった。


「どれどれー」

ジゼラまでやってきて、俺の髪の毛をいじり始める。

「なんか、あれだな」

「あれ？　とは何だ？」

「のみ取りする猿《さる》みたいだな」

「……確かに」

ケリーは納得したようで、うんうんと頷《うなず》いている。

ボアボアを撫でていたフィオもやってきて、俺の髪の毛をいじる。

「つやつや！」

三人に髪をいじられるとくすぐったい。

「ピイの能力かもな」

「ピイ、今度私にも頼むよ」

『わかった！』

「ぼくにも！」

『わかった！』

ケリーとジゼラの頼みをピイは快く引き受けていた。

「ピイはわかったと言っているよ」

「ピイはいい子だなぁ」

しばらく、ジゼラはピイのことをムニムニとしながら可愛《かわい》がっていた。


その間、ボアボア親子と飛竜《ひりゅう》、ヒッポリアスとシロたちは、俺たちの近くでまったりしていた。

体が温《あたた》まって、風が気持ちいいのだろう。

だが、もう少し時間が経《た》てば真昼になる。

そうなれば、暑くなるだろう。

「まだ暑さがましなうちに移動するか」

「ぶぼ！」「がう」


俺たちはボアボアの巣に向かって歩き始める。

俺はクロ、ロロ、ルルの三頭を抱っこする。

子魔狼とはいえ、三頭を抱っこするのは大変だ。

以前作った籠《かご》に入れようかとも思った。

だが、子魔狼たちは甘えたいのだと思うので、頑張《がんば》って抱っこする。

そして、シロとヒッポリアスは俺の後ろをじゃれ合いながらついてきた。

ピイはいつものように俺の頭の上だ。


「ボアボア、お腹《なか》の調子はどうかな？」

ジゼラは歩きながら、ボアボアのお腹に触れた。

怪我《けが》をした辺《あた》りを優しく撫でている。

「ぶぃ」

「ボアボアは調子いいと言っているぞ」

「そっかー。痛みもないの？　吐き気は？　気持ち悪かったりしない？」

「ぶい」

「大丈夫《だいじょうぶ》。だってさ」

「それはよかった。心配してたんだ～」

「ぶぶい」

「ぼくも大丈夫だよ！　テオさんの薬を飲んだからね」

そう言って、ジゼラは歩きながらボアボアを撫でまくる。

「ジゼラ、ボアボアの話していることがわかるのか？」

「なんとなく？」

「そうか。通訳しなくても、よかったかな」

勇者というのは本当に規格外な存在である。

まるで物語の主人公みたいだ。

「でも、はっきりとわかるわけじゃないからね。助かるよ」

そう言いながら、ジゼラはボアボアの子供を抱き上げる。

ボアボアの子供も「ぶいぶい」と言いながらジゼラに甘えていた。


少し歩いて、ボアボアの巣の前まで来る。

「さて、俺たちはそろそろ拠点に戻るか」

俺がそう言うと、ケリーも頷く。

「そうだね。拠点ですべきこともあるし」

「ボアボア、それにボアボアの子供。俺たちは拠点に戻ろうと思う」

「ぶい」「ぶぅい」

ボアボアはお礼を言ってくる。

ボアボアの子は、寂《さび》しいのか俺の服の裾《すそ》を咥《くわ》えて甘えるように鳴いた。

「ボアボアもボアボアの子供も、いつでも拠点に遊びに来なさい」

「ぶぅい」

「引っ越したければ、いつでもすぐに家を建てるからな」

「ぶぶい」

ボアボアの体は大きいが、特に問題はない。

ヒッポリアスの家と同じぐらい大きいボアボアの家を建てればいいだけだ。

「そうだよー。ボアボアも引っ越そうよ？　洞穴《ほらあな》は暗《くら》くて涼しいかもだけど、ジメジメしているし」

「……ぶぅ～い」

ボアボアは考えているようだ。

「ぶぶいぶいぶい」

ボアボアの子供は、俺たちの拠点に引っ越そうよと言っている。

仲良くなった俺とジゼラ、それにヒッポリアスと一緒にいたいらしい。

「ね、そうしよそうしよ？」

「まあまて、ジゼラ。俺はボアボアたちが引っ越してきてくれたら嬉《うれ》しいが、ボアボアたちは洞穴を気に入っているかもだろう？」

ボアボアたちにとって、日光が入らないジメジメ具合がたまらないと感じている可能性もある。

「えー、そうなの？　洞穴がすごく気に入っているの？」

「ぶぃ〜」

「テオ、ボアボアはなんて言っているんだ？」

目を輝かせたケリーが、メモを片手に尋ねてくる。

新大陸の新種キマイラの好む住環境に興味があるのだろう。

「別に洞穴が好きというわけではないらしい」

「ほほう？」

「ぶぶい」

「だが、体の大きなボアボアが中に入れて雨風が凌《しの》げる場所は他にないと」

「それなら、拠点に引っ越そうよ！　住処《すみか》ならテオさんが作るよ！」

「ああ、ジゼラの言うとおり作れる。だが、ボアボアはどういう環境が好きなんだ？」

「ぶ〜い〜」

ボアボアは真剣に考え込んでいる。

もしかしたら、今まで考えたこともなかったのかもしれない。

野生ならば、最優先されるべきは快適さより安全性だ。

そして、周囲に敵がいなくなるぐらい体が大きくなれば、今度は入れる場所が限られる。

「ボアボア。ジメジメしているのとカラッとしているの、暑いのと寒いの、暗いのと明るいの、どういうのが好き?」

「……ぶぅい」

ケリーがこちらをじっと見て、通訳しろと無言で圧をかけてくる。

「ボアボアは本当に考えたことがないと言っているよ。だからわからないって」

「そういうものなのか。ボアボアにとって、あの洞穴はどうなんだ? もう少し涼しい方がいいなとか思ったことはないか?」

「ぶぅい」

「ジメジメしているのが嫌だとは思ってはいたそうだ。それに夏はやはり暑いと」

「……そうか。日は差さないが、風通しがあまりよくないものな」

ボアボアの巣は蒸し暑かった。

「じゃあ、とりあえず、拠点においでよ!」

「……ぶ〜い」

「もちろんいいよ! ね、テオさん」

「一応ヴィクトルたちにお伺《うかが》いを立てないといけないが、大丈夫だろう」

「だって、よかったね、ボアボア」

「ぶぶい」「ぶっぶい!」

そうして、ボアボア親子は拠点の方に引っ越すことになったのだった。

41 ボアボアの住処の好み

ボアボアの怪我《けが》はほとんど大丈夫《だいじょうぶ》だが、怪我だけでなく毒も食らっていた。

しばらくは怪我と毒の経過を見たい。

だから、ボアボアが近くに来てくれると俺《おれ》としても安心である。


俺は飛竜《ひりゅう》にも声をかける。

「飛竜もしばらく拠点に逗留《とうりゅう》してくれ」

「がお」

飛竜も拠点に来てくれるらしい。

「飛竜も疲れただろうし、しばらくゆっくりして、疲れをとってくれ」

「ががお」

飛竜はジゼラを乗せて新大陸に飛んできたのだ。

当然、かなり疲れているはずである。

それに、新大陸に到着して早々にジゼラが食中毒で倒れた。

その介護《かいご》を一生懸命やっていたのだ。

疲れていないわけがない。

「飛竜もずっと一緒に住めたらいいのにねー」

ジゼラがそんなことを言う。

「飛竜は忙《いそが》しいんだ。無茶を言ったらだめだ」

今ここにいる時点で、もうかなり無理してくれているのだ。

「それはわかってるけど」

「がが う」

飛竜は楽しいから大丈夫だよと優しく言ってくれていた。

「そうだな。飛竜も入れるボアボアの家を作ろう」

「そうなると、ヒッポリアスの家より大きくならないか?」

ケリーが少し心配そうに尋ねてくる。

「大きくなるな。だが大丈夫だろう」


頭の中には簡単な設計図はすでにできている。

建築資材も開墾《かいこん》作業で伐採《ばっさい》した木材が余っているのだ。

俺が考えていると、ジゼラがボアボアに尋ねていた。

「ボアボアはどんな家に住みたい?」

「ぶーいぶい」

「冬暖かくて、夏が涼しい家かー。ヒッポリアスの家みたいな感じでいいかも」

ジゼラは昨日泊《と》まったヒッポリアスの家を気に入ってくれたらしい。

「ボアボア。何か要望があれば、今のうちに言ってくれ」

「ぶぶい」

「ほほう?」

「ぶーい」

ボアボアはできればぬたうつ場所が家の近くに欲しいと言う。

ボアボアがぬたうつことは、シロの散歩のようなものなのかもしれない。

「そうだな。そうなると、他の建物からは少し距離があった方がいいかもな」

「ぶぶい」

「畑の近く、つまり森の近くはどうだ?」

「ぶい!」

「もちろん、畑の上でぬたうたれたら困るんだが」

「ぶぶい」

ボアボアは、それはわかっていると言ってくれている。

「それじゃあ、ボアボアの家は畑の近くの森を切り開いて作るか。ヒッポリアス、手伝ってくれ」

『わかった!』

「イジェにも畑の拡張方向を聞かないとな」

イジェはこれから畑を増やしていくつもりに違いない。

ボアボアの家は、畑にする予定がない場所に建てた方がいいだろう。

そんなことを話しながら、ゆっくり俺たちは帰っていく。

散歩が大好きなシロは周囲を全力で走ってから戻ってきて、俺に飛びついてまた走っていったりする。

元気に楽しくはしゃいでいるみたいで、何よりだ。

小さなヒッポリアスとボアボアの子供も楽しくはしゃいで走り回っている。

「クロ、ロロ、ルルは走らなくていいのか？」

『だっこ！』『わふ』『いい』

子魔狼《こまろう》たちは俺に抱っこされていたいらしい。

三頭同時に抱っこするのは難《むずか》しいが、可愛《かわい》いので仕方がない。


俺たちはゆっくりと拠点へと歩いていった。

そして昼前になって、畑が見えてくる。

「ア、テオサン！　ミンナも！」

イジェが、俺たちに気付いて走ってくる。

その後ろからはヴィクトルがついてきていた。

「ア、ダイシシだ！」

「だいしし？」

「オオキナ、イノシシのコト」

ボアボアのことをイジェはダイシシと呼んでいたらしい。

語源は大イノシシだろうか。

「イイこダネ」

「ぶ～い」

ボアボアは久しぶりと言いながら、鼻先をイジェにつけている。

「イジェ、やっぱり知り合いだったのか？」

「ウン！　ムラではダイシシにイロイロとテツダッテモラッテタ！」

「そうだったのか」

「イジェは大きな猪《いのしし》の存在自体は知っていると言っていたもんな」

イジェが知らないと言ったのは十五メトルを超える猪だ。

ボアボアは足が太くて大きいだけで、体長は八メトル程しかない。

それでも充分大きいのだが。

「ソウ、ソレがダイシシ」

そう言いながら、イジェはボアボアとボアボアの子供を優しく撫《な》でていた。

「テオさん、お帰りなさい」

ヴィクトルは笑顔だ。

「ただいま。この子がボアボアで、この小さいのがボアボアの子供で、このでかいのが飛竜だ」

「ぶいぶい」「ぶぶい」「がーお」

「ヴィクトルです。よろしくお願いします。もう怪我は大丈夫なんですか？」

「ぶぶい」

「ボアボアはもう大丈夫だと言ってるぞ」

「それは、何よりです」

ヴィクトルはボアボアたちにも丁寧《ていねい》だ。

さすがは育ちがいいだけのことはある。

「で、ヴィクトル。少しお願いがあるのだが……」

「ボアボアさんたちも拠点で一緒に暮らしたいということですね？」

「飛竜は、しばらく経《た》ったら帰らないといけないんだがな」

「そうですか。それは残念です」

「がぅ」

「それで、ヴィクトル……」

「もちろん私は賛成ですよ。これからお昼ご飯ですし皆にも聞いてみましょう」

「ああ、頼む」

畑で作業してた冒険者たちもやってくる。

「おお、これが噂《うわさ》のボアボアと飛竜と、ボアボアの子供か」

「よろしくだ」

「ぶいぶい～」

畑で作業をしていた冒険者たちと一緒に俺たちは、拠点へと歩いていく。

拠点でお昼ご飯を食べるためだ。

42 ボアボアの家を建てよう

拠点へと歩いていく途中、俺《おれ》は尋ねる。

「イジェ。畑の種植え中か？」

「チョウド、オワッタ」

「おお、手際《てぎわ》がいいな」

「ミンナ、テツダッテクレタから」

そう言って、イジェは嬉《うれ》しそうに微笑《ほほえ》む。

「俺たちも久しぶりに畑仕事ができて懐《なつ》かしいよ」

「ああ。斬《き》った張ったばかりやっていると、土いじりも楽しくなるな」

冒険者たちも、畑仕事を楽しんでいたようだ。

冒険者たちには、俺も含めて農村出身者が多いのだ。


和《なご》やかに話しながらボアボア親子と飛竜《ひりゅう》と一緒に拠点に到着する。

仲間たちに紹介すると、ボアボアたちが一緒に住むことも皆が歓迎してくれた。

焼いた肉を食べて昼ご飯を終えると、俺はボアボアの家の建築をすることにした。

実際の作業に入る前に皆に家を建てる場所を相談する。

「ぬた場が近くに欲しいとなりますと、森の近くがいいかもしれませんね」

「ヴィクトルもそう思うか」

「ええ」

「イジェ、畑はどちらに拡張する予定なんだ？」

「エット……。ゲンチでセツメイする」

「頼む」


そして、俺はボアボア親子と飛竜と一緒に拠点の外に向かう。

イジェ、フィオ、ケリーとジゼラ、ヴィクトルもついてくる。

ヒッポリアスやピイ、シロと子魔狼《こまろう》たちも一緒である。

加えて、手空《てあ》きの冒険者たちもついてきた。


畑に到着すると、イジェが説明してくれる。

「コッチにハタケはヒロゲタイ」

「こちらは？」

「ソッチは、イシがオオくて、ジャリバッカリ。ツチのエイヨウがスクナイ」

イジェがそう言ったのは、今ある畑に隣接した森だった。

「そうなのか。それなら、この辺《あた》りに家を作るか。ボアボアいいか？」

「ぶぼお」

ボアボアもどうやら気に入ってくれたようだ。

「ヒッポリアス。木の伐採《ばっさい》を手伝ってくれ」

『まかせて！』

ヒッポリアスはするするっと大きくなると、木の伐採を開始してくれる。

「きゅううーおおお」

気合いの咆哮《ほうこう》を上げながら、魔法を駆使《くし》して、ヒッポリアスは根ごと木を引っこ抜いてくれる。

「相変わらず、ヒッポリアスはすごいなぁ」

「がう？」

「飛竜も手伝ってくれるのか」

「ががう」

「じゃあ、頼む」

飛竜もヒッポリアスの真似《まね》をして、木を引っこ抜いていく。

大きくて強い竜二頭のおかげで、あっという間に広い空き地ができたのだった。

「ありがとう、ヒッポリアス、飛竜」

「きゅおきゅお！」「があう」

「これで家を建てるための資材と土地の準備ができたよ」

『ほかに、てつだうことある？』

「大丈夫《だいじょうぶ》だよ。後は任《まか》せてくれ」

「きゅうお！」

「ヒッポリアス、ありがとうな。近くで遊んでいてくれ」

「きゅうお！」


俺は皆に見守られながら、建築作業に入る。

ヒッポリアスと飛竜が集めてくれた木材を並べ、魔法の鞄《マジック・バッグ》から追加の材料を出していく。

追加の材料は石材と金属インゴットである。

ボアボアの家の構造は、ヒッポリアスの家と基本的に同じである。

ただし、飛竜も一緒に寝泊《ねと》まりできるように、ヒッポリアスの家よりも二回りほど大きくする予定だ。

まず、俺が家を建築するときの基本手順どおり、鑑定スキルを土地にかける。

拠点の土地よりも、土中に含まれる石が少なかった。

そして、地中の深いところには水脈があった。

しかも冷たい水ではなく温泉の水脈だ。
今度、温泉を掘ってもいいかもしれない。

土地に鑑定スキルをかけ終わると、次は木材と石材に鑑定スキルをかけていく。
かなり集中を要する作業だ。
木材と石材の性質把握は家のクオリティに大きな影響を与えるのである。
鑑定スキルで手に入れた情報は膨大だ。
時間が経《た》てば経つほど、その大量の情報は忘れていってしまう。
だから鑑定スキルをかけ終わると、時間をおかずに一気に製作スキルで建築に入る。
集中し、魔力を消費しつつ、できるだけ早く建築していく。
ボアボアの家の構造自体は単純だ。
ヒッポリアスの家と同じく、部屋は一つだけである。
だが、ヒッポリアスの家よりも二周り大きいため天井《てんじょう》をささえる構造が必要になる。
鉄のインゴットを使って、天井に梁《はり》を一本通しておいた。
床はヒッポリアスの家と同じく木で作る。
そして、ボアボアの重い体重で床が抜けないように、木の下には石を敷き詰めた。
それもヒッポリアスの家と同じである。
ボアボアの家の扉も、構造はヒッポリアスの家と同じ。

ただ、一回り大きくしてある。

そして、ボアボアの子供が出入りできるよう、別の小さな扉も付けておいた。


「これでよしっと。ボアボア。どうかな？」

「ぶぶい！」

「があ！」

ボアボアの子供と飛竜が喜んでくれている。

二頭ともとても気に入ってくれたようだ。

「相変わらず、テオさんの製作スキルはすごいね」

「すごい！」

「わふわふ」

『あそぼ！』『わふ』『すごい』

ジゼラ、フィオにシロも褒《ほ》めてくれる。

そして、クロとロロは終わったなら遊べと言ってくる。

だが、ルルは褒めてくれた。

「ぶぶぶい？」

「があがあ？」

ボアボアの子供と飛竜が中に入っていいかと、興奮気味《こうふんぎみ》に尋ねてくる。

「もちろん。入っていいよ」

「ぶいぶい！」

「があ！」

ボアボアの子供と飛竜、それにフィオ、シロ、子魔狼たちがボアボアの家に入っていった。

遊べと言っていたクロもロロもフィオたちと一緒にはしゃぎながら家の中に入っていく。

とにかく楽しそうなことが好きなのだろう。

「ところで、ボアボアはどうしたんだ？」

俺が疑問に思って周囲を見回すと、少し離れた場所にボアボアがいた。

43

ボアボアの家の完成

Hennaryu to moto yuusha party zatsuyougakari shintairiku de nonbiri slowlife

ボアボアはなにやら作業をしているようだ。

イジェやヴィクトルとケリー、それにヒッポリアスと一緒である。

俺《おれ》はイジェに近寄って尋ねる。

「ボアボアは何をしているんだ？」

「ア、テオサン！　ボアボアとヒッポリアスにカイコンをテツダッテモラッテタ」

「ほほう？　開墾《かいこん》を」

ヒッポリアスはいつものように木を倒して、土地を切り開いている。

そして、ボアボアは切り開かれた土地にぬたうちまくっていた。

「泥じゃない場所に、ぬたうって気持ちいいのかな」

「ぬたうつというと、泥のイメージが強いがそれは猪《いのしし》だろう？　そもそも、ボアボアは猪じゃないが」

そう言ったのはケリーだ。

ケリーはメモを片手に、ぬたうつボアボアの様子を観察している。

「キマイラは泥ではない土の上でもぬたうつのか」

「キマイラに限らない。鹿《しか》や猪がぬたうつ場所だって、なにも泥だと限らない。草や土の上でもぬたうつものだ」

「そうなのか」

「そもそも、畑でぬたうっていたし」

「それもそうだな」


ボアボアが畑でぬたうったおかげで、俺たちは出会えたのだ。

「ここをぬた場にするのか？」

「ソウ。デモ、アトでハタケにスル」

「畑に？」

「ウン。オオシシがヌタウツと、ツチがヨクナル」

「へー。……猪もそうなのか？」

俺はケリーに尋ねる。

「猪のぬたうちにはそんな効果はないな」

「キマイラの特殊能力か」

「うむ。かもしれないな」

畑の近くに、ボアボアのぬた場を作って、存分にぬたうってもらった後に畑にする予定のようだ。

「きゅお」

「アリガトウ。もうダイジョウブ」

「きゅっきゅ」

畑予定地に木を切り倒した、いや根元から掘り起こしていたヒッポリアスが戻ってくる。

「ヒッポリアス、ありがとうな。いつも助かっているよ」

「きゅお〜」

俺はヒッポリアスを撫《な》でる。

それからヒッポリアスが掘り起こしてくれた木々《きぎ》を魔法の鞄《マジック・バッグ》に収納していく。

拠点に運んで、燃料や資材にするためだ。

木を全《すべ》て収納し終えた頃、

「ぶぶい」

ボアボアも、ぬたうちに満足したようだ。

「ボアボア、お疲れさま」

「アリガト」

「ぶいぶい！」

遊んでいただけなのに感謝されて、お得だとボアボアが言う。

「家を作ったから見てくれないか？」

「ぶぃ！」

そして、皆でボアボアの新居へと向かう。


中に入るとボアボアの子供やシロや子魔狼《こまろう》たち、それにフィオがはしゃいで遊んでいた。

「どうだ？　ボアボア。使いにくそうな場所とかないか？」

「ぶぶぃ！」

とても快適そうだと言ってくれている。

「それならいいんだが、もし不満点があったら、いつでも遠慮せずに言ってくれ」

「ぶぃ！」


その日の夜は、拠点の全員がボアボアの家の側に集まった。

そして、酒を持ってきて、ボアボアの家の側にかまどを作り、肉を焼いて皆で食べる。

ボアボア親子と飛竜《ひりゅう》、そしてジゼラの歓迎会のためだ。

「ニクがヤケタよ」

イジェが、テキパキと手際《てぎわ》よく猪肉を焼いてくれる。

猪肉にはイジェが、上手に味をつけてくれていた。

「美味《おい》しい！　イジェは肉を焼くのも上手《うま》いんだね」

「ぶぶい」『がぁお」

ジゼラ、ボアボアに飛竜も、イジェの焼いた肉を気に入ったようだった。

そして冒険者たちは、ボアボアの子供を可愛《かわい》がっている。

「ボアボアの子供は可愛いな。これも食べなさい」

「ぶい！」

冒険者たちに撫でられまくって、ご飯を与えられてボアボアの子供もご満悦だ。

ボアボアとジゼラが仲間になったことで、拠点の戦力は充実した。

ボアボアは開墾作業に活躍してくれるだろう。

そして、ジゼラは敵が来たときに、活躍してくれるはずだ。

そんなことを考えていると、ヒッポリアスがこちらを見上げていた。

「きゅお？」

「そうだ。ヒッポリアス。魔力を分けてあげよう」

「きゅうお！」

俺はヒッポリアスに魔力を分ける。

『うまい！』

「ピイや子魔狼たちにも分けてあげよう」

「ぴっぴい」

『やった』「……わふ」『ごはん』

ピイや子魔狼たちも喜んでくれた。

俺は畑を見て、それからボアボアの家を見る。

そして、丘の上の拠点を見上げた。

「拠点の機能もだいぶ充実してきたな」

「テオさんのおかげです」

皿に肉を載せたヴィクトルが笑顔でそう言ってくれる。

「みんなの力だよ」

そう言うと、ヴィクトルは微笑《ほほえ》んだ。

「テオさん、これからの計画はあるのですか？」

「まずは冬への備《そな》えかな」

「大事ですね」

「冬までに建物同士を、通路でつなげたいんだが……」

「そうなれば、快適かもしれませんね」

「ボアボア向けに温泉も掘りたい気もある」

「温泉ですか？」

「家を建てるときに、調べた限り、近くに温泉の水脈があるようだからな」

「それはいいですね」

「だが、冬まではまだ時間の余裕がある。しばらくはのんびりできるかもしれない」

「のんびりするのもいいでしょうね」

まだまだ、やることは沢山《たくさん》ある。

だが、だいぶ快適に過ごせる環境が整いつつあるのは間違いない。

かまどの周囲では、イジェを中心にジゼラやボアボア親子、飛竜、それに冒険者たちが楽しそうに話していた。

ケリーや他の学者たちも酒を呑《の》んで、談笑している。

その楽しそうな様子を見ながら、俺はヒッポリアスとピイ、子魔狼を撫でまくったのだった。

「ジゼラとシロ」

勇者ジゼラ・ルルツが、ヒッポリアスの家にやってきた直後のこと。

テオドールは、ボアボアの怪我《けが》を心配して、ボアボアの巣穴へと向かった。

ケリーと、ヒッポリアス、ピイもテオドールに同行している。


テオドールが出発すると、すぐにヴィクトルも家を出た。

冒険者と学者たちに、ジゼラから聞いた話を説明するためである。


ヒッポリアスの家に残されたのは、ジゼラとイジェ、フィオ、それにシロと子魔狼《こまろう》だ。

シロと子魔狼は、気持ちよさそうに眠っていた。

ジゼラは持ち前の社交性の高さで、イジェとフィオと楽しくお話しする。

「へー。フィオは狼《おおかみ》に育てられたんだね」

「そ！」

「じゃあ、シロは弟？　お兄さん？」

「にいさん！」

ジゼラはイジェとも楽しく話す。

「イジェも大変だったねぇ」

「タイヘンダッタ」

ジゼラは、そんなイジェとフィオを撫《な》でまくった。


しばらく経《た》つと、イジェは夕食の準備に向かう。

フィオは病気のジゼラを看病するために、ヒッポリアスの家に残った。


病気なのに元気なジゼラは、寝ているシロたちを撫でにいく。

ジゼラは寝ているシロたちの横にどっかりとあぐらをかいて座《すわ》ると、

「シロも子魔狼たちも可愛《かわい》いなぁ」

シロと子魔狼たちを撫でまくる。

「かわいい！」

シロたちを褒《ほ》められて、フィオは本当に嬉《うれ》しそうに尻尾《しっぽ》を振った。


いつもなら知らない人が近づいたら、シロはすぐに気付く。

だが、ジゼラにあまりにも邪気がなく、気配が自然だったので、シロは目を覚《さ》まさなかったのだ。

「……わぅ？」

とはいえ、撫でられたらさすがに、シロも気がつく。

「シロ、おはよ」

「………………わう⁉」

目覚めたシロは、ジゼラに気付くと、驚いて飛び起きた。

「わ、わう？」

「わふぅ！　しろ、じぜら！」

「わふ」

フィオに紹介されて、シロはジゼラが敵ではないらしいと理解した。

それでも、警戒気味《ぎみ》に身構えている。


シロが飛び起きたことで、シロを枕《まくら》にしていた子魔狼たちも目を覚ます。

「わふ？」「わ～ぅ」「わう」

クロ、ロロ、ルルの子魔狼たちは、ジゼラのことよりテオがどこにいるのかが気になるようだ。

フィオに、テオはどこにいるのか聞いている。

「てお！　おでかけ！」

「「「ぁう～」」」

子魔狼たちは三頭ともしょんぼりする。

「くろ、ろろ、るる！　じぜら！」

子魔狼たちは、フィオにジゼラを紹介されると、

「わふわふ！」「ぁぅ！」「わ～ふ」

警戒していたシロとは対照的に、子魔狼たちはジゼラに甘えにいく。

テオの不在を聞いて、しょんぼりしていたのが嘘《うそ》のようだ。

「子魔狼たちは可愛いなぁ。よ～しよしよし」

ジゼラは、甘えてくる子魔狼たちを撫でまくる。

「この子がクロ？」

「そ」

「わうわう！　がーうがうがう」

「確かに少し黒っぽいね。それでこの子がロロかな？」

「そ！」

「ロロは少し大人しいね」

「ぁぅ」

はしゃぎながら、ジゼラの服を口で引っ張っているクロとロロは違う。

ロロはジゼラの指をペロペロなめている。

「それで、この子がルルだね」

「そ！」

「くぅーん」

ルルはあぐらをかいて座っているジゼラのひざの上に乗ると、お腹《なか》を見せていた。

ジゼラに撫でろと要求しているのだ。

「ルルは甘えん坊だねぇ」

ジゼラはルルのお腹を優しく撫でる。

「きゃふきゃふ」

ルルもジゼラに撫でられて、すごく嬉しそうだった。


子魔狼たちがジゼラに甘えまくっている間、シロは少し離れたところにいた。

そして、油断なくジゼラを見つめていた。

シロは、テオがいない今、自分が皆を守らなくてはという強い使命感を持っていたのだ。


ジゼラを警戒して尻尾を立てているシロに、

「シロも甘えたいのかな！」

ジゼラはシロに向かって手招きする。

「わふ？」

「シロ、おいで」

「……わふ」

シロは手招きには応じない。

「照れてるのかなー？」

ジゼラはひざの上の子魔狼たちを床に降ろすと、立ち上がる。

そして、シロに近づいて、撫でまくる。

「わ、わふ」

「よーしよしよしよし」

ジゼラに頭を撫でられると、なぜかシロの警戒心は和《やわ》らいでいった。

同時に、ジゼラが強いと、シロは理解した。

ちょっと強いとかいうレベルではなく、とんでもなく強いと本能で理解してしまった。

「しろ！　じぜらはなかま！」

「わふ」

「そうだよ。仲間だよ」

「……わふ」

ジゼラは反抗する気が起きないぐらい圧倒的に強い。

加えて、フィオがジゼラのことを仲間だと言っている。

それに、ジゼラからは邪気を感じないし、悪意も感じない。

「わふ」

ならば、ジゼラは味方ということでいいのかもしれない。

シロはそう思った。

そう思うと、ジゼラの撫でる手つきがとても気持ちよく感じた。

ふと気付くと、シロはジゼラにお腹を見せて、甘えていた。

「シロも甘えん坊だね！」

ジゼラは嬉しそうに、シロのことを撫でまくったのだった。

あとがき

いつも読者の皆様には大変お世話になっております。

はじめましての方は、はじめまして。

作者のえぞぎんぎつねです。

おかげさまで「変な竜と元勇者パーティー雑用係、新大陸でのんびりスローライフ」も、ついに第三巻になりました。

ひとえに、読者の皆様のおかげです。本当にありがとうございます。

三巻もいつもどおりテオドールたちはヒッポリアスやモフモフが色々します。

新しい仲間も増えます。新しい仲間は人とモフモフも両方です。

面白《おもしろ》いと思いますので、どうぞよろしくお願いいたします。


さてさて、大変ありがたいことに「変な竜と元勇者パーティー雑用係、新大陸でのんびりスローライフ」のコミカライズが今年の秋ごろ、マンガＵＰ！さんで連載が開始されるようです！

著者特権と言うことで、ネームなどはもう見せていただいておりますが、とても面白いです。

そちらもどうかよろしくお願いいたします。

最後になりましたが謝辞《しゃじ》を。

イラストレーターの三登《みと》いつき先生。一巻、二巻に引き続きまして、本当に素晴《すば》らしいイラストをありがとうございます。

新キャラも、登場済みのキャラも非常に魅力的に描いていただき、本当に、本当に、ありがとうございます。

担当編集さまをはじめ編集部の皆様、営業部等の皆様、ありがとうございます。

本を販売してくれている書店の皆様もありがとうございます。

小説仲間の皆様、同期の方々。ありがとうございます。

そして、なにより読者の皆様。ありがとうございます。

令和三年八月　えぞぎんぎつね

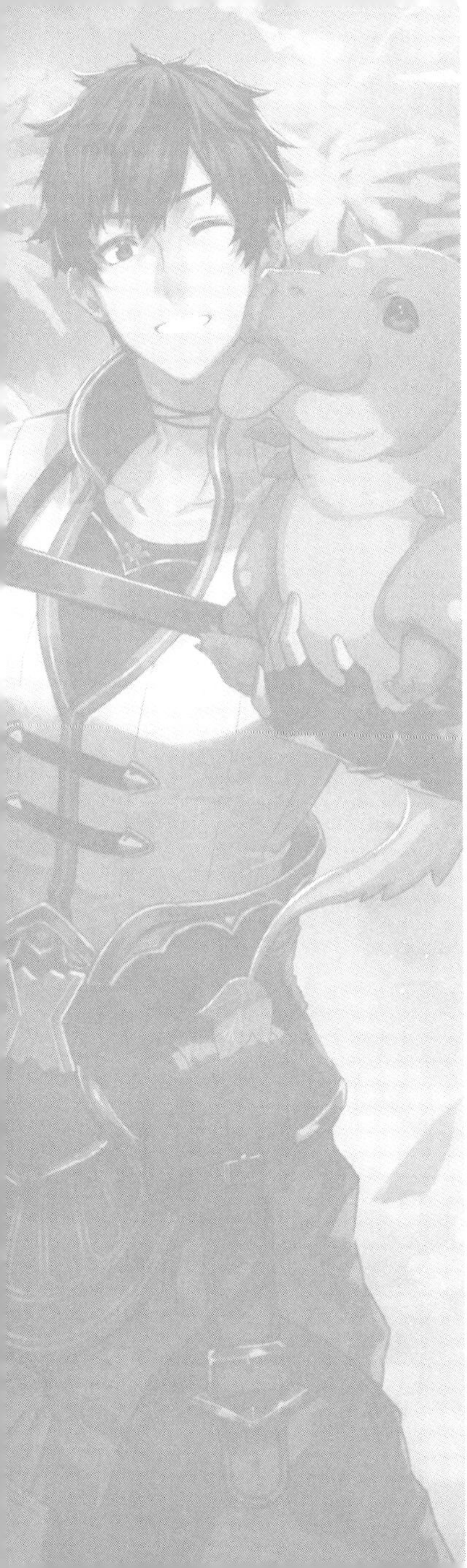

GAノベル

変な竜と元勇者パーティー雑用係、
新大陸でのんびりスローライフ 3

2021年9月30日　初版第一刷発行

著者　えぞぎんぎつね

発行人　小川 淳

発行所　SBクリエイティブ株式会社
〒106-0032　東京都港区六本木2-4-5
03-5549-1201　03-5549-1167（編集

装丁　AFTERGLOW

印刷・製本　中央精版印刷株式会社

ISBN978-4-8156-1032-6
Printed in Japan

ファンレター、作品のご感想をお待ちしております。

〒106-0032　東京都港区六本木 2-4-5
SBクリエイティブ株式会社
GA文庫編集部 気付

「えぞぎんぎつね先生」係
「三登いつき先生」係

本書に関するご意見・ご感想は
下のQRコードよりお寄せください。
※アクセスの際に発生する通信費等はご負担ください。

https://ga.sbcr.jp/